« La France est au-dessus de tout. »
Léon GAMBETTA.

INAUGURATION

DU

CERCLE GAMBETTA

DE BORDEAUX

(3, PLACE DU PONT, LA BASTIDE)

les 10 et 11 Juin 1893

SOUS LA PRÉSIDENCE

DE

M. SPULLER

SÉNATEUR DE LA CÔTE-D'OR,
ANCIEN MINISTRE DE L'INSTRUCTION PUBLIQUE,

et avec la collaboration

DE

M. TRARIEUX

SÉNATEUR DE LA GIRONDE.

————— ∞ —————

BORDEAUX

IMPRIMERIE G. GOUNOUILHOU

— RUE GUIRAUDE — 11

1893

« La France est au-dessus de tout. »
Léon GAMBETTA.

INAUGURATION

DU

CERCLE GAMBETTA

DE BORDEAUX

(8, PLACE DU PONT, LA BASTIDE)

les 10 et 11 Juin 1893

SOUS LA PRÉSIDENCE

DE

M. SPULLER

SÉNATEUR DE LA CÔTE-D'OR,
ANCIEN MINISTRE DE L'INSTRUCTION PUBLIQUE,

et avec la collaboration

DE

M. TRARIEUX

SÉNATEUR DE LA GIRONDE.

———————— ✳ ————————

BORDEAUX

IMPRIMERIE G. GOUNOUILHOU

11 — RUE GUIRAUDE — 11

1893

Oui, tout pour la Patrie, il faut l'aimer sans rivale et être prêt à lui sacrifier jusqu'à nos plus intimes préférences. Je ne mets rien au-dessus de ce beau titre : **Patriote avant tout!**

Léon Gambetta.

TABLE DES MATIÈRES

CONSEIL D'ADMINISTRATION

DU

CERCLE GAMBETTA

———— ×+ ————

MM. Frédéric SURSOL, ancien conseiller d'arrondissement, ancien maire de Cenon, *Président.*

Martial TÉTARD, conseil-
  ler municipal,
Charles CAZALET, adjoint
  au maire de Bordeaux,   *Vice-Présidents.*
Clément BELLOCQ, con-
  seiller municipal,

Alphonse TRIAL, *Secrétaire général.*
A. GAILLARD, *Secrétaire.*
A. LASSERRE fils, *Trésorier.*
G. SAINT-SUPÉRY, *Trésorier adjoint.*
Édouard SERR, *Organisateur des conférences.*
TIXIER, *Archiviste.*

————

MM. J. COULAUD,
  A. VIAMOURET,
  Noël AUGROS,   *Conseillers.*
  Henri LANEUVILLE,
  A. BROQUART,
  G. AURANSAN,

————

Nous avons cru devoir réunir les discours qui ont été prononcés à l'inauguration de notre Cercle Gambetta et les faire imprimer.

En les lisant, ceux qui ont assisté à la conférence et au banquet retrouveront le plaisir qu'ils ont eu à les entendre; ceux qui n'y ont pas assisté regretteront moins de ne point les avoir entendus.

Tout ce qui a été dit à cette occasion ne doit-il pas être le bien de tous, et tous ne doivent-ils pas en avoir la commune jouissance?

N'y a-t-il pas intérêt pour tous à savoir quels sont les enseignements, les conseils et les aspirations qui se sont dégagés d'une manifestation à laquelle prenaient part tant de républicains, et qui n'a cessé d'être un hommage fervent et unanime aux doctrines, à la méthode et au génie du Grand Patriote?

Dans la situation où se trouve le pays, et à la veille des élections législatives, il nous a paru que la reproduction de ces discours et leur lecture dans leurs textes mêmes pouvaient être utiles.

Pour le Conseil d'Administration
du Cercle Gambetta,

Le Secrétaire général,

A. TRIAL.

Samedi 10 Juin 1893

GAMBETTA

CONFÉRENCE

FAITE PAR

M. TRARIEUX

PRÉSIDENCE

DE

M. SPULLER

1.

ALLOCUTION DE M. Édouard SERR

ANCIEN CONSEILLER MUNICIPAL,
ANCIEN CONSEILLER D'ARRONDISSEMENT,

Organisateur des Conférences du Cercle Gambetta.

MESSIEURS,

Comme organisateur des conférences que les membres du Cercle ont le désir de pouvoir offrir à leurs amis, je me trouve appelé à l'honneur de remercier le premier les membres éminents de nos Assemblées parlementaires, qui, par leur présence au milieu de nous, veulent bien convertir notre humble fête d'inauguration en une imposante manifestation patriotique.

Notre Cercle a été fondé, il y a quelques mois à peine, dans notre quartier de La Bastide si foncièrement dévoué à la République, sans autre préoccupation que de voir se réunir des bonnes volontés qui seraient restées infécondes dans leur isolement.

De mot d'ordre, de programme, il n'en a jamais été question; mais nous nous sommes groupés sous l'égide d'un nom vénéré entre tous, d'un nom qui, à lui seul, est un drapeau, et dont les plis gardent les douleurs comme les espérances de la patrie; j'ai nommé Gambetta, le grand patriote. Qu'il me soit permis de le montrer, luttant d'abord avec acharnement contre le sort inexorable, et sauvant tout au moins l'honneur du pays ; puis, par sa sagesse et sa modération, il déconcerte le jeu des partis, et la démocratie triomphe avec la République. Son unique désir est, dès lors, de constituer, par l'union de tous, un pouvoir capable de donner à un peuple, enfin délivré des entraves de l'absolutisme, la confiance, le bien-être dans l'ordre et la liberté.

Des tempêtes de haine et de jalousie personnelles, favorisant les menées de la réaction, ont paralysé ses derniers et immenses efforts ; mais si le cœur de Gambetta a eu à souffrir de ces épreuves injustes dont nous avons vu abreuver la fin d'une carrière si courte et cependant si bien remplie, son œuvre, l'œuvre démocratique accomplie, a pu braver tous les assauts ; et, après vingt-deux ans, la forme républicaine demeure inattaquable ; ses plus implacables ennemis courbent enfin la tête, et la démocratie, désormais majeure, répudie à jamais la tutelle des sauveurs.

Mais ces compétitions personnelles, un des principaux obstacles au fonctionnement régulier d'un gouvernement fort et d'autorité légitime, devraient-elles encore persister ? Les mots d'union, de cohésion, ne sont-ils pas ceux que l'on prononce aujourd'hui de tous côtés ; oh ! que Gambetta serait heureux d'entendre ces cris d'appel au ralliement; mais il avait assez appris à connaître les hommes pour savoir ce que, dans certaines bouches, ces mots signifient le plus souvent; le gâchis parlementaire auquel nous assistons depuis quelque temps n'en est-il pas malheureusement la preuve.

Aussi nous nous en tenons à la politique sage et pondérée de Gambetta, nous nous y cramponnons, si je puis ainsi le dire, car c'est la seule qui nous apparaisse avec la double autorité de la raison et de l'expérience, la seule, selon nous, qui puisse rétablir notre chère France dans sa grandeur et dans ses droits.

Mais nous ne sommes pas des politiques, et nous sommes heureux que des hommes, placés plus près et plus haut pour mieux voir et mieux juger, viennent nous éclairer.

Aussi avons-nous désiré ardemment vous avoir, vous posséder,

Vous, Monsieur Trarieux, l'homme éminent et consciencieux entre tous;

Vous, Monsieur Spuller, l'ami dévoué du Grand Citoyen dont notre Cercle est fier de porter le nom; vous enfin qui, par vos rapports avec Gambetta, personnifiez plus que personne en France les sublimes sentiments du Grand Patriote.

Nos cœurs vibrent à l'unisson des vôtres, et déjà nous applaudissons aux paroles que nous allons entendre.

CONFÉRENCE DE M. TRARIEUX

MESSIEURS,

Si vous avez voulu, en inscrivant le nom de Gambetta dans l'acte de baptême de votre Cercle, indiquer, par un symbole auquel personne ne puisse se méprendre, l'idée commune qui vous rassemble ici, je vous en félicite, car vous ne pouviez mieux manifester vos sentiments de franc libéralisme, d'honneur républicain, de progrès démocratique, qu'en vous plaçant sous l'invocation de ce nom qui, ainsi que le disait tout à l'heure, avec une simple mais juste éloquence, M. Edouard Serr, est comme un drapeau dans les plis duquel sont renfermées nos douleurs et nos espérances. (Applaudissements.)

A côté des admirations enthousiastes que Gambetta a inspirées de son vivant, il a eu aussi ses détracteurs, et longtemps après sa mort sa mémoire était encore contestée. Mais les années ont fait leur œuvre, et je ne crois pas que personne aujourd'hui songe à méconnaître la trace lumineuse qu'il a laissée. Pour tous ceux qui ont pris la peine d'étudier sa vie, il a réalisé, à un degré presque égal, ces deux qualités qui font les grands citoyens : un grand esprit et un grand cœur. (Applaudissements.)

Vous n'avez pas pensé sans doute, Messieurs, qu'en me rendant, sur votre appel, à ce rendez-vous d'inauguration, je vous apporterais une biographie complète qui fît revivre à vos yeux Gambetta tout entier. Ses quarante-cinq années d'existence ont été trop bien remplies pour qu'une simple conférence y pût suffire ; et, d'ailleurs, aussi, il y faudrait un historien mieux préparé pour traiter un pareil sujet. Mais, si j'ai bien compris votre intention, c'est surtout une évocation rapide de quelques souvenirs choisis et les enseignements qui s'en dégagent que vous attendez de moi. Réduit à ce simple programme, mon témoignage peut bien, après tout, en valoir un autre, fût-il celui de ses meilleurs amis, qui mieux que moi le connurent, car un des principaux mérites de l'éloge, c'est l'indépendance que rien ne permet de suspecter.

Comme tous ceux qui sont entrés dans la gloire, Gambetta, Messieurs, a vu fouiller dans son passé le plus reculé. On y a cherché les pronostics de son étonnante carrière, mais je ne crois pas que ce soit dans les légendes plus ou moins faites à plaisir qui ont circulé sur sa jeunesse qu'il nous intéresse de le retrouver ici. Ce qui m'apparaît de cette époque de sa vie, c'est qu'il reçut, dès le premier âge, les saines influences d'une de ces familles qui formaient autrefois notre tiers-état, et au sein desquelles se sont préparés, dans le goût de l'étude et du travail, dans des habitudes de probité sévère, dans de nobles et patientes ambitions, tant de nos grands caractères. (Applaudissements.)

Aussitôt que Gambetta eut achevé ses études dans ce petit lycée de Cahors qu'il a illustré par ses succès d'écolier, il vint à Paris pour y faire son droit, y apportant la volonté bien arrêtée de devenir quelqu'un; et, comme ses goûts l'entraînaient vers les hautes régions de la politique, où il sentait d'instinct que ses riches facultés devaient trouver leur plus complet épanouissement, il se destina à devenir homme d'État, comme d'autres, sous l'impulsion d'une vocation irrésistible, peuvent se faire peintres, musiciens ou littérateurs. (Rires et applaudissements.)

Cette vocation, Messieurs, on ne la reconnût pas, cependant, sur l'heure dans certains milieux, et ses professeurs, paraît-il, s'y méprirent un moment. J'ai ouï dire qu'un des plus éminents entre tous (cependant celui-là devait être un bon juge, car il avait fait partie de nos assemblées délibérantes), j'ai ouï dire que Vallette, frappé de l'ampleur de son intelligence et de sa facilité de compréhension, avait cherché à tourner ses vues vers l'enseignement. Je ne crois pas, toutefois, que, dans son entourage, ses intimes s'y trompèrent jamais. Tous ceux qui le voyaient avide de nos débats parlementaires, grand liseur de journaux, l'esprit toujours en éveil sur toutes les questions d'ordre social qui pouvaient préoc-

cuper le pays, disputeur intarissable; tous ceux
surtout qui fréquentaient ce café Procope dont
il avait su faire une petite académie politique,
comprirent bien qu'un jour cet apprenti avocat
saurait briser les portes du mur mitoyen, que le
Palais ne serait pas pour lui un assez vaste
théâtre, et qu'il lui faudrait la vie publique.
(Applaudissements.)

Quelques esprits avisés s'en rendirent compte
dès leur première rencontre avec lui, et l'ont dit
plus tard dans des critiques judicieuses. Ils
avaient trouvé dans sa personne cette autorité
qui ne se discute pas, qui s'impose et qui est le
propre des esprits appelés à jouer un rôle parmi
les hommes.

C'est ainsi que je relève, dans une chronique
de Francisque Sarcey, ce passage que je crois
intéressant de vous lire, parce qu'il rend à mer-
veille l'impression qu'ont ressentie ceux qui
approchèrent Gambetta dans cette première
période de son existence :

« Ce qui m'étonnait beaucoup, dit Sarcey,
c'était l'ascendant que ce garçon, qui était toujours d'une tenue négligée, qui n'avait encore
aucune raison d'être connu du public, exerçait
sur tous les hommes politiques de son temps.
J'ai dû observer là le prestige d'une nature supé-
rieure. Gambetta n'était rien, à vrai dire, qu'un
jeune homme de façons incorrectes; eh bien! il
émanait de lui une force mystérieuse à laquelle
tout le monde était obligé de se rendre... On

a parlé de l'odeur de la femme, il voltigeait autour de lui comme un parfum de génie politique. » (Rires et applaudissements.)

Cette appréciation est très juste; j'ai senti moi-même ce parfum et j'en rends, à mon tour, témoignage.

Voici un petit souvenir personnel que je demande à rappeler ici :

Je venais d'achever mes études de droit et je ne connaissais pas encore Gambetta. Inscrit à la Conférence des avocats, j'eus un jour à m'essayer dans ces tournois de jeunesse où l'on imite, comme on peut, ce qu'on doit faire plus tard au barreau. On discute des questions controversées; deux orateurs prennent une thèse, deux autres soutiennent la thèse contraire, et les auditeurs sont les juges du camp. Le hasard fit que, à mes débuts, je me trouvai associé à Gambetta pour la défense de la même opinion dans une question qui touchait, si je ne me trompe, à la propriété industrielle et littéraire, et nous avions en face de nous, je m'en souviens aussi, un redoutable adversaire, mon ami Decrais. La présence à mes côtés d'un aîné qui semblait très sûr de lui-même m'intimida tout d'abord, mais je fus bientôt rassuré par sa bienveillance. Gambetta fut d'une bonhomie charmante et, dès les premiers mots, la glace était brisée entre nous. Quand il prit la parole, je fus frappé de la fougue, de l'entraînement, de la vigueur qu'il mettait à plaider notre cause

commune, et ce n'était pas sans une vive préoccupation que je l'écoutais, parce que j'avais à
parler après lui. J'étais encore dans l'admiration lorsque, ayant fini de parler, et m'apprêtant
à écouter nos adversaires, tout à coup mon
voisin, se tournant vers moi, me dit d'un ton
familier et en souriant : « Eh bien! Trarieux,
croyez-vous qu'avec ce beau soleil nous ne
serions pas mieux à humer l'air des champs qu'à
écouter ici ces sornettes? » L'impression que
me causa cette sortie inattendue s'est gravée
dans ma mémoire : Certes, voilà un voisin, me
dis-je, qui ne sera jamais un rival bien dange-
reux au Palais! La plaidoirie n'est évidemment
pas son affaire. (Rires et applaudissements.)

C'est qu'en effet, son terrain était ailleurs.
Une chambre d'audience n'était pas à sa taille.
C'était l'Agora, c'était le Forum qu'il fallait à
son vaste esprit; et je ne fus point surpris, lorsque, revenu quelques années plus tard dans ma
province, j'appris que s'il s'était fait une place
au Palais, ce n'était pas précisément dans les
causes ordinaires, mais dans ces procès où ont
brillé les maîtres de la barre, qui touchent de
près à la politique, et dans lesquels l'avocat est
appelé à défendre les droits sacrés de la liberté.
(Applaudissements.)

Je ne fus pas ainsi de ceux qui s'étonnèrent
lorsque, en 1868, je reçus l'écho si profond, si
retentissant du succès éclatant qu'il venait de
remporter dans l'affaire Baudin.

Vous vous rappelez, Messieurs, ce que fut cette affaire. Baudin avait été, dans l'Assemblée législative, un des représentants qui s'étaient héroïquement opposés au coup d'Etat; il avait payé de sa vie, sur les barricades, sa défense du droit contre le parjure et le crime d'Etat que venait de commettre le futur empereur. (Applaudissements.)

La pensée était venue de rendre hommage à cette mémoire, et une souscription publique avait été ouverte pour lui élever un monument. Parmi les nombreux journalistes qui s'étaient engagés dans cette campagne, plusieurs, dont Challemel-Lacour, aujourd'hui président de notre assemblée du Sénat, furent traduits devant les tribunaux pour excitation à la haine envers le gouvernement. Gambetta avait été appelé à présenter la défense de Delescluze. Ce procès, quoique très intéressant, ressemblait cependant à beaucoup d'autres et aurait pu n'avoir d'autre écho que celui des quatre murs de la salle d'audience, et ne laisser de souvenir que dans la mémoire des témoins appelés à en écouter les débats. Mais voici que tout à coup ce jeune avocat, dont le nom déjà connu sans doute, n'était cependant que celui d'un nouveau venu dans ce grand Palais où se comptaient tant d'illustrations, oublie la défense de son client, fait le procès du coup d'Etat et de l'Empire, et, dans un de ces élans d'éloquence qui subjuguent, s'impose si bien aux juges eux-mêmes qu'il en arrive, devant un auditoire frémissant sous sa parole, à faire un de ces éclats dont les Tuileries ont pu parfois trembler.

Cette mémorable plaidoirie, Messieurs, a été recueillie et mérite d'être rappelée aujourd'hui dans une pareille assemblée :

« Oui, s'écria Gambetta, le 2 décembre, autour d'un prétendant, se sont groupés des hommes que la France ne connaissait pas jusque-là, qui n'avaient ni talent, ni honneur, ni rang, ni situation, de ces gens qui, à toutes les époques, sont les complices des coups de force, de ces gens dont on peut répéter ce que Salluste a dit de la tourbe qui entourait Catilina, ce que César dit lui-même en traçant le portrait de ses complices, éternels rebuts des sociétés régulières :

« Un tas d'hommes perdus de dettes et de crimes, »

comme traduisait Corneille. C'est avec ce personnel que l'on sabre, depuis des siècles, les institutions et les lois, et la conscience humaine est impuissante à réagir, malgré le défilé sublime des Socrate, des Cicéron, des Thraséas, des Caton, des penseurs et des martyrs, qui protestent au nom de la religion immolée, de la morale blessée, du droit écrasé sous la botte d'un soldat.

» Mais, ici, il ne peut en être de la sorte. Quand nous venons devant vous, magistrats, et que nous vous disons ces choses, vous nous devez aide et protection. Ces hommes ont pré-

tendu avoir sauvé la France. Il est un moyen
décisif de savoir si c'est vérité ou imposture.
Quand un pays traverse une crise suprême,
qu'il sent que tout va succomber, jusqu'à l'as-
siette même de la société, savez-vous alors ce
qui arrive? C'est que ceux que la nation est
habituée à compter à sa tête accourent pour la
sauver. Si je compte, si je dénombre, si j'ana-
lyse la valeur des hommes qui ont prétendu
avoir sauvé la patrie au 2 décembre, je ne rencontre parmi eux aucune illustration, tandis que,
de l'autre côté, je vois venir au secours du pays
des hommes comme Michel de Bourges, Char-
ras, morts depuis, — Ledru était déjà exilé, —
et tant d'autres pris dans l'élite des partis divers :
par exemple notre Berryer, ce mourant illustre,
qui, hier encore, nous envoyait une lettre d'un
homme de cœur, testament d'indignation qui
prouve que tous les partis se tiennent pour la
revendication de la morale. Où étaient Cavai-
gnac, Lamoricière, Changarnier, Leflô, Bé-
deau, l'honneur et l'orgueil de notre armée? Où
étaient M. Thiers, M. de Rémusat? A Mazas,
à Vincennes tous les hommes qui défendaient la
loi! En route pour Cayenne, pour Lambessa
ces victimes spoliées! Voilà comment on a
sauvé la France! Après cela, pensez-vous qu'on
ait le droit de s'écrier qu'on a sauvé la société
uniquement parce qu'on a porté la main sur le
pays?

» De quel côté étaient le génie, la morale, la

vertu? Tout s'était effondré sous l'attentat! »
(Applaudissements.)

Messieurs, cela put être dit quelques années
avant la chute de l'Empire, tant il est vrai que
la puissance de la vérité dans la bouche de l'éloquence peut quelquefois briser toutes les entraves et s'imposer à l'esprit même des hommes
dont la fonction est de réprimer la liberté!
(Applaudissements.)

Cependant, le président s'éveilla tout à coup
de sa torpeur et trouva que cela tournait au
scandale ; il en fit l'observation à Gambetta et
lui demanda s'il ne se laissait pas entraîner à
des excès de langage, et ne se rappelait plus
que le devoir de l'avocat était de mesurer sa
parole et de rester dans la modération. Dès
protestations s'élevèrent. Ce fut Gambetta et
non le président qui les calma. Se tournant vers
ceux qui l'applaudissaient, il leur adressa cette
apostrophe : « Soyez silencieux, Messieurs, j'ai
besoin de votre silence ! » et il continua.

Le lendemain de cette plaidoirie superbe
qui, sans exagération aucune, mérite de rester
dans les annales d'un peuple, comme les grandes harangues que nous conservons du passé, le
nom de Gambetta était sur les lèvres non seulement de Paris, mais de la France entière.

Ces paroles étaient venues réconforter les
cœurs de la jeunesse libérale.

Quand j'en reçus, pour ma part, l'écho, je

pressentis que bientôt les destinées que j'avais entrevues quelques années auparavant allaient se réaliser et qu'il était inévitable que cet avocat tribun entrât bientôt dans nos assemblées publiques.

Effectivement, Messieurs, l'arrivée de Gambetta à la Chambre ne se fit pas longtemps attendre. Sa candidature fut posée dans plusieurs circonscriptions électorales au mois de mai 1868, et il n'eut en quelque sorte qu'à choisir. Il fut envoyé au Corps législatif par un des collèges de la grande cité parisienne.

A peine arrivé à ce nouveau poste, il s'y plaça au premier rang. Il figura dans cette petite phalange de vaillants lutteurs qui, depuis des années, conduisaient l'opposition contre l'Empire; et, malgré les situations acquises des Jules Favre, des Jules Simon, des Picard et autres, il s'affirma immédiatement comme un des plus autorisés, des plus vigoureux et des plus avisés aussi.

Ce qu'on remarqua chez lui, ce fut la hardiesse de ses revendications et en même temps son grand tact et sa prudence. Ce furent là, en effet, toujours les traits saillants de son caractère politique.

Les deux années qu'il passa au Corps législatif avant les événements de 1870 lui permirent de prononcer quelques-uns de ses grands discours. Dans l'un d'entre eux, qui fit sensation, il rappela l'audace du plaidoyer de l'affaire

Baudin; il développa la théorie du gouvernement républicain! Dans quelques autres, il eut
des sorties virulentes devant lesquelles les
ministres de l'empereur montraient le plus
grand embarras. En une circonstance que je
me rappelle notamment, il mit cruellement sur
la sellette le maréchal Lebœuf, au secours
duquel M. Emile Ollivier fut obligé de se
porter. Il s'agissait de deux militaires qui
avaient été envoyés en Algérie pour avoir
imprudemment assisté à une réunion publique,
et, répondant à une interpellation, le ministre de
la guerre avait eu l'imprudence de prononcer
ces paroles :

« Si ceux qui manifestent trouvent bien de
descendre dans la rue, je les mettrai en tête
des colonnes, et s'il y avait une émeute, ils
seraient les premiers sans doute à faire leur
devoir. »

Gambetta y vit une provocation à l'adresse
de la Gauche, et il la releva avec emportement :

« Mais qu'est-ce qui vous autorise à dire que
nous voulons des émeutes? dit-il. Lorsque nous
venons vous révéler des outrages faits à la loi,
il ne vous est pas permis de répondre : « Vous
» préparez une émeute, et c'est pourquoi nous
» voulons lutter avec vous ! »

» Vous n'êtes pas le seul gouvernement qui,
en s'abritant derrière des prétextes de légalité,
se soit prévalu de la force brutale. Tous ceux
qui vous ont précédés depuis soixante ans

disaient comme vous en se tournant du côté de l'opposition : « Descendez donc dans la rue, et » vous éprouverez notre vigueur! » Ils sont tous tombés, qui dans la boue, qui sous le mépris, sans compter le gouvernement républicain, tombé sous les coups de l'usurpation et de la force.

» Et cette obéissance passive que vous réservez comme un suprême argument, eh bien! je vous le dis, ce n'est pas de la politique, ce n'est pas un langage digne d'une assemblée délibérante; c'est la pensée de ceux qui sentent qu'ils ne sont qu'une faction au pouvoir, et qu'ils ne peuvent y rester que par la violence. »

Une autre fois, au moment de la discussion du plébiscite, il fit entendre également le langage le plus véhément pour exprimer la défiance de tous les libéraux, qui sentaient un piège dans cet acte de prétendue déférence au suffrage universel et aux volontés populaires.

Il déterminait ainsi le sens qu'il fallait donner au plébiscite :

« Vous avez commis cinq violations, et je ne parle que des violations fondamentales contre le suffrage universel;

» Vous avez établi comme un dogme l'hérédité;

» Vous avez établi l'immutabilité de votre Constitution;

» Vous avez établi deux Chambres;

» Vous avez établi, en outre, l'irresponsabilité du pouvoir exécutif;

» Enfin, vous avez, si ce mot pouvait être employé dans l'arène politique, ravi à la nation le pouvoir constituant.

» Ce sont là cinq violations, cinq usurpations dont le suffrage universel doit vous demander compte; et, lorsque vous lui poserez la question plébiscitaire, il faudra, si vous voulez que la réponse ait une valeur politique, que les questions soient nettement posées, posées sous la formule d'une spoliation : « Consentez-vous à » vous démettre de tel ou tel droit? »

Tout cela était d'une hardiesse sans précédent pour qui songe à ce qu'avait été ce régime d'étouffement, sous lequel, pendant des années, la France avait vécu. Et bientôt, à ces sorties impétueuses vinrent s'ajouter les attaques encouragées de la presse, qui, forte de tels exemples, devenait chaque jour plus vigoureuse, ce qui fit croire, à la fin, l'Empire menacé.

Pour qui réfléchit à tous ces événements, qui sait si cette attitude nouvelle du parti républicain, si cette puissante accentuation de sa politique ne contribuèrent pas peut-être à engager la famille impériale dans ces essais de diversion qui nous ont conduits à la guerre? Cela n'est pas historiquement impossible; mais, ce que nous pouvons dire, c'est que la responsabilité n'en revient point à ceux qui ont pu indirectement provoquer une décision désespérée, et ce qu'il y a de sûr aussi, c'est qu'au moment où fut déclarée la guerre, il n'y eut personne qui,

plus que Gambetta, comprit le danger, en
avertit le pays et supplia l'Empire de ne pas
courir à sa perte. Avec M. Thiers, il se prodi-
gua pendant les quelques journées qui ont précédé la faute fatale du ministère Ollivier, et tous
les deux ils s'efforcèrent de sauver une cour
qui, d'un cœur si léger et d'un esprit si aveugle,
allait s'exposer, et le pays avec elle, aux plus
effroyables dangers. (Applaudissements.)

Mais ces avertissements ne furent pas écou-
tés, pas plus ceux du vieillard illustre qui avait
été la gloire de nos Assemblées parlementaires
et dont les lumières étaient si dignes d'être
consultées, que ceux de l'impétueux jeune
homme, si sage en ses emportements. Ils furent,
comme nous tous, emportés dans la tourmente!
(Applaudissements.)

La guerre, Messieurs, ayant éclaté, nous les
perdons tous les deux de vue pendant quelques
semaines; mais nous les retrouvons à la tâche
le jour où il est devenu nécessaire de confier
nos destinées aux mains les plus capables de
nous préserver de la mort.

L'un et l'autre réapparaissent, en effet, après
les sanglantes défaites.

L'histoire du 4 Septembre a été trop souvent
faite pour que je doive y insister. Une seule
constatation en passant, et qu'il est bon de
mettre en lumière devant une assemblée républicaine. Le 4 Septembre ne fut point une révolution politique, qu'il eût fallu hautement

réprouver en un tel moment : ce fut une révolution nécessaire. Elle fut l'obligation de sous-
traire la France à des mains coupables, pour la
sauver. (Applaudissements.)

Elle fut pour ceux qui prirent la redoutable
responsabilité de s'emparer de la direction des
affaires publiques le moyen unique d'éviter des
désordres sociaux, une révolution des masses,
peut-être, Messieurs, l'anarchie et la fin du pays.
(Applaudissements.)

Tous les deux voués à cette grande tâche,
Thiers et Gambetta reviennent sur la scène,
le cœur rempli des mêmes perplexités, des
mêmes angoisses, travaillant chacun sur un terrain différent. Nous voyons M. Thiers pérégri-
nant à travers l'Europe, sans fléchir sous le
poids des années, allant porter de cour en cour
les doléances et les protestations de la France
vaincue. Nous voyons Gambetta personnifiant,
incarnant la défense nationale. Nous le voyons
armant le pays, répandant dans tous les cœurs,
dans toutes les âmes, le besoin de sauver au
moins l'honneur, s'il était impossible de remporter la victoire. (Applaudissements.)

Rappelons-nous, nous qui vivions en province, quel était l'état d'affaissement de la
France aux mains de ces trois vieillards, respec-
tables sans doute — Crémieux, Glais-Bizoin,
l'amiral Fourichon, — mais qui ne savaient que
gémir et se lamenter avec nous, pour nous
consoler de nos défaites. Comment oublier cette

prostration, cet accablement, ce sentiment du néant dans lesquels chaque jour nous nous enlisions davantage? Quel enthousiasme lorsque nous apprîmes les péripéties émouvantes de ce voyage aérien qui allait faire descendre au milieu de nous un homme à la volonté énergique, dont le nom seul semblait porter partout le nouveau mot d'ordre : Haut les cœurs! (Bravo!)

Si j'osais ici céder la parole à M. Spuller, à ce compagnon fidèle qui accompagna Gambetta dans l'ascension héroïque de l'*Armand-Barbès*, il vous dirait, bien mieux que je ne puis le faire moi-même, parce que ce serait chez lui des souvenirs vécus, il vous dirait ce que fut cette traversée au-dessus des lignes ennemies, en vue des canons et des fusils qui les criblaient de projectiles, les menaçant d'un danger à chaque instant grandissant; il vous dirait leur cri de soulagement et d'espérance lorsqu'après avoir franchi la forêt d'Epineuse, ils purent atterrir et descendre aux environs de Montdidier. Mais, ce qu'il ne vous rappellerait peut-être pas, et ce que je me rappelle, moi, c'est leur grande et belle parole à ceux des habitants de ce pays qui se portèrent à leur rencontre : « De quoi désespérez-vous? Ne désespérez point, car nous avons l'avenir! » (Applaudissements.)

Ces paroles, qui retentirent dans le pays tout entier, ne tardèrent pas à porter leurs fruits.

Dans les quelques semaines, dans les quelques
mois qui suivirent, vous savez, en effet, comment nous travaillâmes avec fièvre sur tous les
points du territoire et quels miracles furent
accomplis!

On ne s'en rendait pas compte sur l'heure ;
mais lorsqu'on ressuscite les événements, qu'on
les reconstitue, qu'on y réfléchit, l'esprit conçoit
alors et réalise tout ce qu'il y a eu là de merveil-
leux : toutes nos populations sacrifiant leurs
intérêts les plus chers pour répondre aux appels
enflammés qui leur venaient de Tours; des
armées sortant de terre pour se porter à la rencontre de Von der Thann, et résistant un grand
mois sur les bords de la Loire, nous donnant
un instant des visions de victoire; l'empereur
d'Allemagne un moment affolé et faisant ses
malles au château de Versailles, tant nous nous
montrions héroïques et menaçants. (Bravo!)

Tous ces souvenirs vous sont présents, Messieurs, et tout cela était dû, non pas seulement
à la généreuse impulsion que Gambetta nous
avait imprimée, mais aussi à la sagesse avec
laquelle, dans ces circonstances si difficiles, il
sut poursuivre ses grands desseins.

Venant au milieu de ces provinces qui ne le
connaissaient guère et auxquelles il fallait faire
accepter son autorité, il avait compris qu'avant
tout il devait apaiser les vieilles querelles;
qu'il ne devait plus y avoir que des Français
sur le sol de la France, et que les partis politi-

ques avaient, pour un instant, à faire trêve à leurs haines, à leurs espérances.

Ah! il donna un grand exemple à ce pays, un exemple qu'il est toujours bon de rappeler, parce qu'on est toujours sur le point de l'oublier, dans ses appels incessants à la concorde, à l'union, au patriotisme! Il sut nous apaiser dès sa première circulaire adressée aux préfets, où il donnait des instructions animées d'un esprit si large :

« La défense avant tout, disait-il, assurez-la, non seulement en préparant la mise à exécution, sans retards ni difficultés, de toutes les mesures votées sous le régime antérieur, mais en suscitant autour de vous des énergies locales, en disciplinant par avance tous les dévouements, afin que le gouvernement puisse les mettre à profit, suivant les besoins du pays. Toute votre administration se réduit à déterminer le grand effort qui doit être tenté par tous les citoyens pour sauver la France. »

Tel était son programme, et dès le lendemain il en prouvait la sincérité. Quand les fils des Chouans, Charette en tête, vinrent se présenter à lui et lui demander s'il voulait les admettre à la défense du drapeau, il leur donna l'épée en main, et non seulement il les accueillit, mais il leur fit fête et les mit au premier rang du devoir national à remplir. Et lorsque, quelques jours après, il reçut du fond de la Provence, de

Marseille, l'avis qu'une sorte de petite révolution locale venait d'éclater par la maladresse d'un préfet de cette ville, qui avait eu la malencontreuse idée de susciter en un pareil moment la question du cléricalisme, et avait chassé les Jésuites en prononçant la confiscation de leurs biens, il n'eut point une minute de faiblesse et il écrivit à M. Esquiros : « Je vous en conjure, réfléchissez que la politique du gouvernement est la défense nationale, et uniquement la défense. » Puis, Esquiros ne se rendant pas à cette sage admonestation, il le déposséda de ses fonctions, et M. Gent lui fut substitué comme préfet du département des Bouches-du-Rhône. Voilà comment Gambetta sut associer à la générosité des idées la sagesse des conceptions, aux élans du plus pur patriotisme les vues de la plus saine raison, et comment la défense, sous sa direction, est devenue l'état d'âme du pays. (Applaudissements.)

Ah! Messieurs, il a été impuissant, et nous avons été vaincus; ses efforts désespérés ont échoué; nos espérances d'un moment n'ont pas été réalisées : mais en pouvait-il être autrement? Il n'était point, je crois, possible que la France se relevât ainsi d'un coup d'aile et pût tenir tête à une nation enivrée de ses succès et organisée pour la guerre comme l'était l'Allemagne; mais ce qui me paraît vrai, ce que je sens, ce que vous éprouvez avec moi, c'est qu'il y a pour les nations des sacrifices plus

honorables encore, plus beaux, plus grands
devant l'histoire que ne l'est la victoire elle-
même. (Applaudissements.)

Je sais, il est vrai, que des esprits éminents
ne l'ont pas ainsi, tout d'abord, compris. Je
n'oublie pas que Lanfrey a pu parler de la
« dictature de l'imbécillité », tandis que M. Thiers
dénonçait « la politique de fous furieux »; mais
qu'est-ce que cela prouve, sinon que les meilleurs esprits peuvent être, à certaines heures
critiques, de mauvais juges! Qui oserait porter
ce jugement aujourd'hui? Ce ne serait pas
Thiers assurément, mieux éclairé plus tard sur
l'esprit politique de ce jeune homme, qu'il sut
apprécier dès qu'il eut appris à le bien connaître.
Ce n'est pas dans tous les cas l'Etranger, car,
fait inoubliable, lorsque nous nous mécon-
naissions nous-mêmes, il n'était personne au
dehors qui ne sût nous rendre témoignage, et
qui ne reconnût que, par ses efforts surhumains,
la France avait mieux ménagé son patrimoine
que si elle était restée accablée sous le malheur.

J'en trouve la preuve dans des écrits nombreux,
et, en particulier, dans une conversation qu'eut
avec un de nos anciens conseillers d'ambassade
M. de Rothan, un diplomate éminent, M. Visconti Venosta. Voici en quels termes M. de
Rothan rappelle l'appréciation que M. Visconti
Venosta, l'ancien ministre des affaires étrangères
du royaume d'Italie, lui émit, un jour, sur le
compte de Gambetta :

« La résistance héroïque de la France, contre toute attente, aux armées victorieuses de la Prusse, la relève grandement aux yeux de l'Europe; elle est l'indice d'un tempérament viril, elle présage une régénération rapide dont tous les gouvernements, je suis loin de le méconnaître, auront à tenir compte dans les combinaisons de leur politique. »

Oui, je crois, Messieurs, avec M. Visconti-Venosta, que si la patrie s'est relevée, si, quelques années après 1871, nous avons pu nous redresser dans le sentiment de notre confiance en nous-mêmes, c'est parce que nous avons donné ce noble spectacle d'un glorieux peuple résolu à ne rien perdre de sa grandeur! (Applaudissements.)

Oui, j'ai la conviction que c'est grâce à ces souvenirs que, malgré des désastres effroyables, la France a pu, comme elle l'a fait si rapidement, reprendre en Europe le rang qu'aucune nation n'oserait aujourd'hui lui contester. (Nouveaux applaudissements.)

J'arrive ici, Messieurs, à une histoire qui demanderait de longues heures d'étude si nous voulions la reconstituer dans son entier, à l'histoire de cette Assemblée nationale qui, après la fin de la guerre, après le traité de paix, eut d'abord à étouffer une sédition impie, ensuite à reconstituer l'ordre matériel détruit par tant de malheurs. Cette Assemblée nationale se montra à la hauteur de sa tâche, car il faut être juste, même envers ses adversaires politiques : la justice est le devoir des grands partis.

Composée de monarchistes, d'orléanistes, de partisans attardés de l'Empire, elle n'était pas moins une assemblée de patriotes, et tant qu'elle s'inspira de la pensée de Gambetta, qui avait été de faire trêve aux dissentiments du passé, elle eut une grande figure.

Le rôle qu'y joua Gambetta ne fut pas facile dans les premiers temps ; il excitait la défiance, pour ne pas dire la haine, et l'on est étonné, quand on fouille nos annales parlementaires, de voir tout ce qui put se dire à cette époque sur son compte, tout ce qu'on put oser à son égard.

Un jour — je cite ce détail entre beaucoup d'autres — le général Changarnier crut pouvoir — on n'aurait pas plus fait au temps de la Terreur — appeler sur lui la réprobation de ses collègues du gouvernement. Il interpella le cabinet sur ce qu'il entendait faire de ce perturbateur dont on entendait trop souvent la parole importune, et il s'exprima ainsi :

« Le gouvernement ne reconnaîtra-t-il pas que le moment est venu de se séparer hautement, franchement d'un collègue disposé à tout briser pour ressaisir la dictature, dont le retour perdrait à jamais la France ? »

Un autre eût perdu contenance, mais Gambetta ne se troublait pas pour si peu. M. Thiers, du reste, lui donnait l'exemple d'une sage philosophie. Ayant à répondre à cette sortie intem-

pestive, il montra qu'il en aurait fallu davantage
pour l'intimider.

Le plàn de Gambetta, dans ces premiers
temps de l'Assemblée nationale, paraît avoir
été surtout de discipliner son parti, de détruire
peu à peu dans l'esprit d'un certain nombre de
ses collègues une obstination ombrageuse, de
les détourner des principes d'une politique
étroite, de la politique du tout ou rien dans
laquelle ils s'étaient jusque-là tenus casernés.
Il aspirait à la fondation de la République, et il
entrevoyait ce qu'il fallait de prudence pour
édifier un régime nouveau. Il sentait qu'il avait
besoin de se préparer des partisans, et que ce
n'était pas en se tenant à l'écart, en se montrant
inabordable, en restant doctrinaire, que son but
pourrait être atteint. Il se fit alors séduisant
dans ses relations avec ceux de ses collègues
sur lesquels il pouvait espérer conquérir un certain ascendant, et peu à peu il s'insinua dans la
confiance d'hommes considérables, et particulièrement de M. Thiers, dont il arriva à être le
confident et, enfin, le protégé. Sous sa main
souple, le vieux parti républicain, si longtemps
le fils des Montagnards de 93, le parti des bra-
ves et loyaux débris de 48 devint plus large,
mieux discipliné, plus politique, plus ouvert aux
idées de gouvernement. Il avait, dans plusieurs
de ses discours, indiqué sa nouvelle méthode,
et comme j'aime beaucoup à le faire parler, pour
être bien sûr de ne pas le défigurer quand je

l'interprète, vous me permettrez de faire passer
sous vos yeux quelques citations dans lesquelles vous verrez son programme se dessiner.

Voici ce qu'il disait dans un banquet de
Hoche, à Versailles :

« Que tous nos amis qui sont ici, que ceux
qui sont en province nous donnent cet exemple
du travail à tous les degrés, dans les Conseils
municipaux, dans les Conseils généraux, dans
tous les corps électifs; qu'ils se souviennent de
la grande formule par laquelle Hoche et d'autres délivrèrent la France : Du travail! encore
du travail! et toujours du travail!

» Il faut donner de vos idées, de votre mora-
lité, de votre valeur politique, de votre aptitude
aux affaires une preuve telle devant l'opinion
publique que cette démocratie, que vous avez
constituée, impose à tous, par le suffrage universel, sa force et sa puissance. »

Au Havre, il ajoutait :

« Tenons-nous en garde contre les utopies de
ceux qui, dupes de leur imagination ou attardés
dans leur ignorance, croient à une panacée, à
une formule qu'il s'agit de trouver pour faire le
bonheur du monde. Croyez qu'il n'y a pas de
remède social, parce qu'il n'y a pas de question
sociale. Il y a une série de difficultés à vaincre,
de problèmes à résoudre, variant avec les lieux,
les climats, les habitudes, l'état sanitaire, problèmes économiques qui changent dans l'inté-
rieur d'un même pays. Eh bien! ces problèmes

doivent être résolus un à un, non pas par une
formule unique. C'est par le travail, par l'étude,
par l'effort toujours constant d'un gouvernement
d'honnêtes gens que les peuples sont conduits
à l'émancipation. Il n'y a pas, je le répète, de
panacée sociale; il y a, tous les jours, des progrès à faire, mais non pas de solution immé-
diate, définitive et complète. »

En plein Belleville, il disait encore :

« Je dis qu'à l'opposition systématique, militante, héroïque, chevaleresque que faisaient nos
prédécesseurs, il faut substituer l'opposition
légale, constitutionnelle, parlementaire, scien-
tifique, disputant pied à pied le terrain, établis-
sant, au sein de la République, la lutte pacifique
des partis, qui n'est autre chose que la rivalité
des idées. Cette politique nous impose beaucoup de ménagements, beaucoup de précau-
tions, enfin l'emploi d'une infinité de moyens
termes. Mais où? Dans le Parlement, sur le terrain naturel des transactions politiques, dans le
domaine réservé à la confection des lois, à la
triture des affaires, dans ce qu'on peut appeler le
ménage quotidien de la vie politique du pays. »

N'est-il pas admirable, Messieurs, que, sourd
à toutes les provocations, Gambetta ait pu
tenir ce langage, expression si juste de l'éter-
nelle sagesse? Et quel est donc le cœur droit,
l'esprit sincère, qui refuserait d'y donner,
comme nous le fîmes à l'époque, son entière
approbation? (Applaudissements.)

Mais c'est grâce à ce programme que la République a été fondée, car si Gambetta eût perdu son temps à faire entendre des récriminations stériles, où en serions-nous à cette heure? La restauration serait faite ; nous aurions sur le trône un représentant de l'Empire, ou un héritier de la monarchie, et l'on verrait encore conspirer dans des réunions secrètes quelques débris du parti républicain! (Applaudissements.)

N'est-ce pas encore ce qui éclate avec évidence, quand nous arrivons aux batailles parlementaires qui précédèrent le vote de la Constitution de 1875? Ceux d'entre vous qui suivirent ces beaux débats politiques ne se rappellent-ils pas avec quelle peine, quels efforts, quelle habileté constante, Gambetta sut préparer les voies au vote de la Constitution? Quelques esprits (et des meilleurs) s'y trompaient, M. Grévy lui-même, qui, dans sa majesté olympienne de vieux républicain, ne croyait pas possible de reconnaître à la Chambre un pouvoir constituant, et ne s'associa pas au vote de la loi Wallon. Ce n'est que grâce à Gambetta et aux amis qui le suivirent que se prépara cette majorité d'une voix à laquelle nous devons nos institutions.

Ce but suprême atteint, c'est toujours le même esprit de suite, patient et tenace, obstiné dans l'accomplissement de ses desseins, que nous retrouvons dans tous les détails de notre organisation constitutionnelle.

2

Il fait accepter l'institution si contestée alors
du Sénat, et dans une de ces paroles plus inspirées peut-être qu'il ne pouvait le prévoir lui-
même, il dit au peuple : « Le Sénat sera un
jour la citadelle de la République. » (Applaudissements répétés.)

Mais, pour armer cette citadelle, il fallait
autre chose que l'institution elle-même, il fallait
que le Sénat ne fût pas envahi par un trop
grand nombre d'adversaires politiques, qu'il eût
au moins sa part congrue de républicains. Avec
quel art de diplomatie consommée Gambetta
suivit ces négociations qui préparèrent l'entrée
au Sénat de cinquante de ses amis politiques!
Il n'hésita pas, pour obtenir ce résultat, à faire
une alliance momentanée avec des partisans du
comte de Chambord, et c'est par là que nous
fîmes entrer dans la maison ce nouveau cheval
de Troie d'où sont sorties ces troupes vaillantes
qui ont fini par devenir le nombre, la majorité
républicaine, et qui sont aujourd'hui la sauvegarde de la nation et des institutions. (Applaudissements.)

S'il a été permis de dire un jour que M. Thiers
avait été le Libérateur du territoire, n'est-il pas
juste de voir dans Gambetta un des plus actifs
Fondateurs de la République? (Nouveaux applaudissements.)

Les partis vaincus n'acceptèrent pas cependant facilement leur défaite et ils essayèrent de

nous faire revenir sur nos pas. Là, de nouveau
nous retrouvons Gambetta à l'œuvre. Après
avoir fondé le régime, il va en être le sauveur.

Il le sauve, en effet, au cours de cette période
du 16 Mai où il fut en si grave péril, car c'est à
lui surtout, en même temps qu'à M. Thiers, que
revient l'honneur de cette résistance coura-
geuse à laquelle, grâce à leur exemple, s'associa toute la fraction libérale du pays. Sur toute
la ligne et dans tous les coins de la France on
sut faire, sous leur direction, tête aux menaces,
qui dans les Conseils municipaux, qui dans les
Conseils généraux, qui dans la presse, et on
conserva les positions conquises.

Ah! il fallut alors des coups de boutoir comme
il en savait porter! Un jour il dit au chef de l'Etat,
au vaillant soldat que la République avait à sa
tête, qu'il fallait « se soumettre ou se démettre »,
et cette parole le conduisit en police correction-
nelle. Il n'avait été cependant que prophétique
comme l'événement devait le justifier. Peut-être,
il est vrai, forçait-il les choses en supposant que
le brave maréchal de Mac-Mahon était capable
de se soumettre, mais il a été au moins juste de
dire que c'était pour ne pas se commettre qu'il
s'est démis. Ce brave homme n'a pas voulu
s'engager dans les machinations tortueuses où
l'auraient volontiers engagé les politiciens de
son eutourage, et l'histoire lui en saura gré.
(Applaudissements.)

Ce dernier écueil franchi, Gambetta toucha

à l'apogée de sa puissance. Devenu président
de la Chambre, il ne se fit rien dans le pays,
pendant plusieurs années, sans qu'on y sentît sa
main. Il eut encore l'occasion de tracer son
programme de gouvernement, et il le fit avec
tant de mesure que nous pourrions le croire
applicable aux questions du moment.

En 1876 il s'adressait au pays en ces termes :

« Nous allons nous trouver aux prises avec
des difficultés de tout ordre : politiques, admi-
nistratives, financières, économiques, militaires,
d'éducation, de travaux publics, d'impôts, c'est-
à-dire que nous allons nous trouver aux prises
avec les véritables difficultés. Vainqueurs dans
la lutte électorale, ayant la majorité dans les
assemblées, on va nous demander, et avec raison, la preuve que nous connaissons les affaires
et que nous pouvons gouverner. Bien des gens
s'imaginent qu'il n'est rien de plus facile que
de gouverner. Ne vous fiez pas aux mots; ne
croyez pas que la politique est un jeu, qu'elle
est simplement l'exercice de quelques facultés
oratoires et de combinaisons dans les couloirs
et les bureaux. Non, ce n'est pas là qu'est la
politique. Ainsi comprise, elle n'est bonne que
pour les comédiens parlementaires. Il n'est pas
au monde de science ni d'art qui exige plus de
travail, de connaissances, d'observation, plus
d'efforts continus et persistants. Est-ce qu'elle
ne touche pas à tout? Est-ce qu'elle n'est pas
l'obligation de s'enquérir de tout? »

C'est quelque temps après ces sages enseignements, Messieurs, que je suis entré à la
Chambre des députés, au cours de l'année 1879.
Je n'avais pas revu Gambetta depuis le contact
de quelques heures que j'avais eu avec lui dans
la Conférence des avocats stagiaires. Vous me
permettrez encore ici un petit souvenir personnel, qui n'est peut-être pas sans intérêt :

J'avais pris l'habitude de noter chaque soir mes
impressions, et je retrouve le portrait de Gambetta tel qu'il m'apparut dans la visite que j'eus
à lui faire, à mon arrivée à Paris. Ce sont des
impressions de treize ou quatorze années, et je
n'avais pas en vue la conférence d'aujourd'hui.

Voici, telle quelle, la relation de cette visite :
« J'ai été présenté aujourd'hui par mon collègue Raynal, en compagnie de M. Deluns-Mon-
taud, à Gambetta, au Palais-Bourbon. Enfin,
voilà un homme! Il répond exactement au type
que je m'étais figuré. D'une simplicité affable,
bienveillant, cordial, il plaît dès l'abord; c'est,
dans l'expression du terme, une nature de bon
enfant. Il ne vise pas à se rendre imposant, et
on lui sait gré de n'avoir pas oublié son passé.
C'est une originalité que de supporter sans
apprêt son grand rôle. Il trouve pour rendre sa
pensée, à chaque instant, des tours de phrase
très personnels; il sait écouter, et écoute pour
tenir compte de ce qu'on lui dit et s'éclairer sur
ce que les autres pensent. Il a la pétulance
méridionale et ne tient pas en place; mais, dans

toute sa personne, dans son attitude, dans ses gestes, il respire la puissance et semble revêtu d'autorité. C'est certainement un grand personnage politique : est-ce aussi un grand homme d'Etat? Sur ce point, l'histoire pourra seule répondre. »

C'est l'histoire que nous faisons aujourd'hui, Messieurs. (Applaudissements.)

Les années qui suivirent ne furent pas aussi heureuses que celles qui les avaient précédées pour l'orateur qui rappelle aujourd'hui devant vous ce passé. J'ai eu la douleur de n'être pas d'accord avec Gambetta sur tous les points de sa politique, et je me séparai notamment de lui sur la question de l'amnistie.

Il espéra me convaincre en m'appelant à une conférence qui eut lieu au ministère des affaires étrangères, où siégeait alors M. de Freycinet. Il fut entraînant, éloquent, mais je ne me laissai pas toucher. Je pensais qu'il était souverainement imprudent de ramener dans les assemblées publiques des hommes qui ne sauraient pas oublier. Eus-je tort? Ce qu'il y a de sûr, c'est que j'agis à son égard avec la plus entière franchise.

Je m'empressai de lui faire connaître, ainsi qu'à M. de Freycinet, la résolution à laquelle je m'arrêtai. Je leur dis à l'un et à l'autre qu'ils seraient les premières victimes d'une mesure que je jugeais imprudente, et j'ajoutai (je ne crains

pas de le rappeler) que leur politique me semblait d'ailleurs, par d'autres côtés, critiquable,
en ce qu'elle opposait, par une coïncidence
malheureuse, un acte de clémence envers des
perturbateurs de l'ordre social à l'exécution des
décrets qui allaient s'appliquer.

J'obtins de l'un et de l'autre une réponse ins-
tructive : le premier, Gambetta, me dit que je me
préoccupais trop d'une querelle de moines; le
second me répondit : « Vous voyez bien qu'il
nous faudrait des hommes comme vous pour
nous permettre d'exécuter avec modération les
décrets contre lesquels vous protestez! »

Ce n'est pas à moi de juger ici qui voyait
juste. Je serais sans doute porté à trop de com-
plaisance pour mon propre jugement.

Depuis, les années se sont écoulées; Gambetta a exercé une influence toute-puissante sur
le pays. Il a fait voter par le Parlement les lois
essentielles sur lesquelles devait reposer l'organisation républicaine, et, enfin, un jour est
venu où, après avoir occupé et exercé le pouvoir de fait, le pouvoir de droit a été remis
entre ses mains : il est devenu premier ministre.

Vous savez de quelle courte durée a été ce
ministère. Les causes de sa chute, je n'ai pas à
les rechercher; elles ne sont pas de celles sur
lesquelles on aime à revenir.

Le plus grand regret qu'on ait à exprimer de
son court passage aux affaires porte moins
peut-être sur ce qu'a pu y perdre notre politique

intérieure que sur le mal qu'en a ressenti notre politique étrangère. Sur ce point, nous ne saurions trop déplorer son échec.

Vous comprenez que je parle des affaires d'Égypte qui, à ce moment même, se trouvaient traverser une phase critique. Il avait, avec son sûr coup d'œil, compris l'importance que cette question avait pour notre influence dans le monde, et voici en quels termes il avait adressé une note à l'Angleterre au moment où la révolte d'Arabi et des colonels égyptiens venait de se produire :

« Il y aurait lieu de faire remettre au khédive par les représentants des deux pays une note identique où il serait déclaré que les gouvernements français et anglais consentent le maintien de Son Altesse sur le trône comme pouvant seul garantir le bon ordre et la prospérité générale en Égypte, et que ces deux gouvernements sont étroitement associés pour parer à toutes les causes de perturbation qui viendraient à menacer le régime établi. »

Vous sentez par ces paroles fermes la volonté qu'il eût apportée à la défense des intérêts de la France en Égypte, et s'il fût resté au pouvoir, sans doute l'Égypte ne serait pas aujourd'hui aux mains de l'Angleterre. Cela suffit pour que l'histoire enregistre comme un événement funeste son trop court exercice du pouvoir. (Applaudissements.)

Peu de temps après cette première épreuve, la vie de ce grand homme a pris fin.

Il était d'une puissance physique qui semblait lui promettre de longues années d'existence ; mais il n'est point surprenant que le surmenage d'un travail aussi continu, aussi écrasant, presque surhumain, peut-on dire, ait hâté le destin et qu'il nous ait été enlevé avant l'heure.

C'est le jour de sa mort qu'il a trouvé cette justice immanente dont il avait parlé quelquefois, la juste récompense de ses longs travaux, de ce dévouement désintéressé à la France. Ce jour-là, pour un moment, les passions se sont apaisées ; de tous les points du pays ont retenti des hommages qui venaient à sa mémoire, hommages de reconnaissance, de regrets et d'affection. Il avait derrière son char, lorsque eurent lieu ses glorieuses funérailles, les compagnons de la première heure, ceux qui versaient les larmes de l'amitié ; puis, derrière, toutes ces délégations venues de tous les points de la France, mes compatriotes de Bordeaux à côté de ceux de l'Alsace-Lorraine, tous ceux-là portant le deuil de la France malheureuse d'avoir perdu un de ses meilleurs enfants, un de ses plus grands citoyens. (Applaudissements.)

Et puis le temps a passé, les années se sont écoulées : je crois que la vérité éclate aujourd'hui dans sa pleine lumière, et moi-même, je le déclare, car c'est un devoir d'être sincère, j'en parle, avec le recul des événements, comme

peut-être je n'eusse pas su le faire autrefois.
(Longs applaudissements.)

Messieurs, tel a été celui dont vous avez
voulu une fois de plus illustrer le nom en faisant
planer sur vos réunions sa retentissante mémoire.

A sa mort, comme pour le royaume d'Alexan-
dre, son héritage s'est partagé entre ses lieute-
nants. Ils ont fait de leur mieux pour conserver
et développer son œuvre; mais il est apparu,
plus d'une fois, qu'il n'était plus là pour orien-
ter la marche en avant, pour éclairer la route à
suivre.

Les questions se sont déplacées, les intérêts
mêmes se sont modifiés, et les plus indulgents
ont pu se demander quelquefois s'il aurait toujours approuvé la conduite de ceux qui lui ont
succédé dans la direction des affaires publiques.

Il est permis de penser que s'il nous eût été
conservé, la physionomie de notre politique
intérieure et extérieure s'en fût profondément
ressentie.

Mais qui dira ce qu'aurait été l'influence d'un
homme sur les événements, et comment com-
parer ce qui a été avec ce qui aurait pu être?
Nous n'avons pas le pouvoir d'affirmer quelles
faiblesses ou quelles témérités il eût su empêcher, quelles défections il eût rendues impos-
sibles, quelle action il eût exercée sur les déli-
bérations du Parlement et sur la volonté du

pays. Tout au plus nous est-il permis de rechercher, envisageant l'avenir, et nous référant à ses
doctrines, quels conseils nous eût apportés sa
sagacité éclairée, s'il eût été appelé à nous
donner son avis sur les difficultés de l'heure
présente, et lui aussi, après tant d'autres, à faire
son discours de Toulouse ou de Bordeaux.

Ce qui est certain, c'est qu'il nous ferait
entendre une de ces harangues enflammées,
dans lesquelles il savait ajouter à l'effet de la
démonstration le zèle contagieux de son âme
ardente ; et je suis sûr aussi qu'il ne sortirait de
sa bouche, sur toutes les divisions qui nous
partagent, que les avis de la sagesse et de la
raison. (Applaudissements.)

Tout d'abord, Messieurs, je ne doute pas
que, comme il aimait à le faire, il ne nous rap-
pelât, à tous ceux qui sont présents ici et à ceux
qui pourront nous relire, que les premiers
devoirs du citoyen existent envers le pays, et
que la République n'a été instituée que pour
travailler à la prospérité générale et à la grandeur de la France.

Il ne manquerait pas d'en conclure que nous
avons le devoir étroit de bannir de nos programmes tout ce qui peut compromettre la
stabilité des institutions, menacer le bon ordre
gouvernemental, ne viser que des intérêts personnels, tout ce qui peut n'être que la poursuite
d'utopies vaines et chimériques.

Appliquant son expérience aux questions

particulières dont le suffrage universel sera
saisi demain, il nous donnerait sur chacune
d'elles le mot juste, la solution souhaitable.

A ceux, Messieurs, qui nous parlent de revision, il dirait que ce qu'il faut reviser, ce sont
peut-être nos mœurs politiques, mais qu'il n'y a
point à parler de revision pour une Constitution qui, depuis vingt ans, a prouvé ce qu'elle
pouvait donner pour le maintien de la paix
sociale, pour le développement régulier de la
liberté, pour l'accroissement continu de la prospérité publique.

A ceux qui dénaturent le sens primitif et
intentionnel de son cri de guerre au 16 mai :
« Le cléricalisme, voilà l'ennemi! » parlant de
dénoncer *hic et nunc* le Concordat et de
déclarer la guerre à l'Église, il saurait faire
comprendre combien, au moment même où la
Papauté désarme, il y aurait imprévoyance et
folie à se lancer dans une pareille entreprise.

A ceux qui, plus préoccupés peut-être qu'ils
ne le pensent de défendre des situations particulières, voudraient enrayer dans le pays le
mouvement de ralliement, qui ne fait que manifester la force et l'ascendant de la République,
il montrerait qu'après tout les ralliés de demain
pourront bien valoir les ralliés de la veille, et
que c'est travailler pour la République que de
ne pas décourager un essai de pacification, de
concorde, d'apaisement social, qui, en préparant l'unité d'opinion sur la forme du gouverne-

ment, ne paraît tendre qu'au couronnement
définitif de la Révolution française.

A ceux des ralliés mêmes qui prétendent
dicter les conditions de leur ralliement, il saurait
faire entendre quelques-uns de ces bons conseils
qui ramènent au sentiment des réalités positives.
La République est à tout le monde, sans doute,
et ses portes doivent rester ouvertes, mais ce
ne serait pas y adhérer sincèrement que d'y
venir avec des restrictions mentales et l'arrière-
pensée de renouer des alliances désormais im-
possibles entre l'autorité civile et l'autel.

Enfin, Messieurs, j'en suis bien convaincu, il
n'hésiterait pas à nous enseigner ce que nous
avons à faire en présence d'un programme
socialiste qui doit aux complaisances un peu
chagrines et peut-être aussi impatientes de certaines hautes personnalités du parti radical
comme un regain de nouveauté. Il n'aurait pas
peur, comme il le fit plus d'une fois, de braver
quelques clameurs, et il soulèverait, j'en ai l'as-
surance, l'approbation des neuf dixièmes de nos
concitoyens, en rééditant, une fois de plus, son
mot si juste : « qu'il peut y avoir des questions
sociales, mais qu'il n'existe pas une question
sociale. »

Il y avait une question sociale lorsque exis-
taient les privilèges de caste ; mais ces privilèges ont été détruits, et depuis que la liberté
civile et l'égalité de tous les citoyens devant la
loi sont le fondement de notre droit politique,

2..

elles peuvent suffire à toutes les réformes, à toutes les améliorations, à tous les progrès auxquels aspirent nos sentiments de solidarité et de justice. Prétendre qu'il est possible, par une refonte radicale de la société, d'égaliser toutes les situations et les fortunes, ce n'est pas seulement reproduire une chimère vieille comme le monde, c'est aussi troubler les intérêts, inquiéter le travail, jeter une cause de profond malaise dans le corps social. On ne doit promettre que ce qu'on sait pouvoir tenir. (Longs applaudissements.)

Les espérances ouvertes par le néo-socialisme dont vous entendiez le développement il y a quelques jours dans une bouche éloquente, ne sont pas moins illusoires que les doctrines de l'école socialiste pure, parce qu'elles en dérivent et qu'elles les canalisent. (Applaudissements.)

Voilà ce qu'il nous dirait, si sa grande voix ne s'était pas éteinte; non pas sous cette forme sans doute, mais avec cette originalité de parole qui lui était propre et dont il savait marteler sa pensée; mais c'est bien là, au moins, l'application de ses doctrines aux circonstances du moment, et notre confiance dans ce sage et généreux langage ne se sent-elle pas doublée quand c'est de ses lèvres qu'il nous semble l'entendre tomber?

Messieurs, nous touchons à une période où

beaucoup de paroles vont se perdre au vent, où
beaucoup de chimères, à côté de vérités incon-
testables, vont s'inscrire dans nos cahiers électoraux. Nous n'avons pas à regretter ces libres
controverses, si nous savons rester fermes dans
la défense de nos principes, qui n'ont rien à
redouter d'elles, car ils sont l'expression du pur
bon sens. Mais, pour cela, il faut travailler,
comme le disait Gambetta; il faut être debout
sur la brèche; il ne faut pas craindre de proclamer hautement nos convictions, il faut admettre
dans nos rangs tous les concours sincères; et
si des adversaires viennent à nous déclarer la
guerre, qu'ils soient du temps passé ou qu'ils
soient d'anciens amis décidés à quitter nos
rangs, n'hésitons pas à nous défendre et sachons
relever le gant! (Triple salve d'applaudissements.)

DISCOURS DE M. SPULLER

Mes chers Concitoyens,

Vous m'avez rendu bien heureux! Vous m'avez appelé à présider à l'inauguration d'un Cercle qui se propose de travailler à la diffusion des idées républicaines, sous le patronage, je ne dirai pas seulement de l'ami politique, que j'ai tâché de seconder avec le plus de dévouement dans ma carrière, mais de l'être que j'ai le plus aimé dans ma vie.

Messieurs, cet homme est encore aujourd'hui dans toute la France l'objet des regrets universels, — et vous venez d'entendre une voix, éloquente entre toutes, vous rappeler les titres de Gambetta à ces regrets universels. — Mais pour moi, Messieurs, Gambetta était plus qu'un concitoyen, qu'un coreligionnaire politique, qu'un chef et un guide, c'était, comment dirai-je?... c'était... mais à quoi bon chercher?... ces choses du cœur et de l'amitié n'ont été dites qu'une fois mais pour toujours, et c'est par un de vos compatriotes, par un des plus grands écrivains de la France, par Montaigne, — il est vraiment le seul qui ait su exprimer le sentiment que j'éprouve. — « Je l'aimais, disait Montaigne en parlant de

La Boétie, parce que c'était lui, et il m'aimait parce que c'était moi..» (Applaudissements.)

Aussi, Messieurs, comprenez-vous que ce soit une satisfaction sans pareille que d'entendre parler d'un homme qu'on a aimé comme j'ai aimé Gambetta, en des termes aussi chaleureux, aussi sincères, aussi pleins de pensées que ceux dont s'est servi M. Trarieux?

Vous venez d'assister à quelque chose de profondément touchant, et qui honore plus Gambetta que je ne saurais le dire : vous venez d'entendre un homme qui l'a connu de près, c'est vrai, mais qui n'a pas adopté toutes ses idées et qui n'a pas approuvé tous ses actes, et c'est ce même homme, qui, douze ans après la mort du politique tant attaqué, tant discuté, quinze ans après les dissentiments qui ont pu les séparer, vient proclamer publiquement devant vous que c'est le mort qui avait raison et que le vivant doit hommage à sa mémoire, à ses services, à son génie. (Applaudissements.)

Messieurs, un tel discours est beau, mais aussi un tel acte est noble. Il est digne de l'honnête homme et du bon citoyen qui vient de vous adresser la parole. Aussi bien, je ne crois pas pouvoir adresser à mon collègue et ami M. Trarieux un remerciement plus sincère, plus cordial, et même je ne crois pas pouvoir lui faire un plus grand compliment, qu'en mettant en lumière, en exaltant, je ne dirai pas cette amende honorable — une telle expression ne conviendrait ni à la mémoire de Gambetta ni au caractère de M. Trarieux, — mais je dirai cet hommage adressé à mon cher et illustre ami par delà le tombeau, et qui est une définitive manifestation de la gloire qu'il a conquise.

Oui, mon honorable et digne Collègue, vous venez de tenir, en parlant de Gambetta, le langage de l'histoire, et il se trouve qu'à la plus grande gloire du noble citoyen dont nous déplorons la mort prématurée, ce langage de l'histoire est en même temps le langage de la sagesse pratique et de la raison politique. (Applaudissements.)

Vous avez merveilleusement parlé non seulement de sa vie, mais de ses origines; c'est parce que vous l'avez connu dans ses commencements que vous avez si bien compris les actes politiques les plus importants de sa carrière trop tôt brisée; c'est aussi ce qui vous a donné le droit d'en tirer les conclusions si éloquentes qui ont terminé votre discours.

Gambetta, Messieurs, a été un homme d'État si complet, si complexe et si divers dans l'unité de sa vie, qu'il peut être et qu'il est maintenant revendiqué par tous les partis. La vérité est que, dans sa grandeur historique, il n'appartient plus à un parti, mais à toute la France. Certes, je ne dis point ces choses comme un mince éloge, je les dis comme la plus grande louange qui puisse être adressée à un homme public. A coup sûr ce plébéien né dans les couches les plus

obscures, s'élevant jusqu'aux sommets de la
gloire humaine par le seul ascendant de son
intelligence, par la puissance de son travail, par
la noblesse de son caractère à la fois si dévoué
et si désintéressé, par la hauteur incomparable de
ses aspirations patriotiques et de son âme de
penseur et de citoyen : c'est là un très grand
spectacle. Mais, Messieurs, voici qui est encore
plus grand, c'est que ce plébéien, né, comme je
le disais tout à l'heure, au plus profond du
peuple, ayant toutes ses passions, toutes ses
colères, toutes ses ambitions, et se sachant né
pour le servir, se soit constamment occupé de
le grandir. (Applaudissements.)

C'est que ce tribun, entre tous les tribuns,
entendez-vous bien ? depuis les Gracques jusqu'à
Mirabeau, a peut-être été le premier de tous les
agitateurs de foule, de tous les conducteurs de
multitudes, qui ne se soit pas contenté d'entraîner le peuple en faisant appel à ses passions,
mais qui ait essayé en même temps de le
calmer, de le modérer et de l'assagir, en faisant
appel à sa raison. C'était parmi ses grandes
paroles une de celles qu'il aimait à me répéter : « Ce n'est rien, disait-il, que d'assembler
les foules, c'est encore moins de leur adresser
des paroles enflammées ; mais ce qui est vraiment
quelque chose, c'est de les disperser, après leur
avoir parlé et leur avoir dit la vérité. (Applaudissements.)

Que de fois n'a-t-il pas répété, avec cette

sincérité admirable, qui portait la conviction dans l'esprit de tous ses auditeurs? « Républicains, qui me faites l'honneur de m'entendre, je ne suis pas venu ici pour vous échauffer; je suis venu pour vous éclairer. » En quoi il se trompait, car la lumière, qui de sa haute raison tombait et se répandait dans les intelligences, se répandait aussi dans les âmes en y dégageant une chaleur, en y excitant un enthousiasme qui explique et justifie, qui fait comprendre les étonnants triomphes qu'il a remportés.

Le génie politique de Gambetta est bien admirable, Messieurs, mais ce qui est encore plus admirable, c'est que tout son génie était dans son cœur. Nul Français, entre tous ceux que nous avons connus, n'a plus aimé la France; nul ne s'est plus donné complètement à elle. Il l'a aimée, comme il le demandait, jusqu'à en mourir. Qui doute, en effet, que le patriotisme de Gambetta n'ait usé prématurément sa vie?

On a loué avec raison son intelligence, sa prudence, son habileté, son esprit de mesure associé à tant de fougue; mais ce qu'on ne louera jamais assez, Messieurs, c'est sa gaieté, son humeur charmante et surtout sa bonté, cette infinie bonté, cette bonté qui s'étendait surtout aux humbles, aux malheureux, à tous ceux qui avaient autant besoin de sa grande indulgence que de son ingénieuse assistance.

On parle de socialisme! Gambetta regardait

comme un des actes les plus importants de sa
vie, comme l'un des plus grands services qu'il
eût rendus à son pays d'avoir osé dire les
grandes paroles que vous avez répétées, à savoir qu'à renfermer tout dans ce que l'on appelle
si ambitieusement et si vaguement la question
sociale, on court risque de se jeter dans l'erreur
et dans l'utopie. Il n'y a pas, disait-il, de question sociale (voulant dire par là que le socialisme, en tant que doctrine universelle et panacée à tout guérir, est une chimère); mais, dans
une démocratie fondée par le peuple et pour le
peuple, toutes les questions sont sociales.

Et il ajoutait : il n'y a pas de gouvernement
républicain vraiment digne de ce nom qui ne
doive se proposer de faire que chacune des mesures qu'il prend, qu'elles soient petites ou
grandes, ne tourne à l'avantage de la classe la
plus nombreuse et la plus pauvre. Messieurs, si
Gambetta comprenait ainsi la politique à faire
dans une démocratie, c'est qu'il était un des fils
de cette démocratie même. (Applaudissements.)

Il se servait, pour caractériser son dévouement à son parti, d'une expression singulière-
ment triviale, grossièrement populaire, je vous
l'accorderai même, mais, pour qui sait comprendre, d'une vérité saisissante. Il avait cou-
tume de dire : « N'aime pas la démocratie qui
veut. Pour aimer la démocratie, il faut la porter
jusque dans ses entrailles : il faut avoir la tripe
démocratique ! » (Applaudissements.)

Il portait cet amour au cœur plus que personne, et s'il faut vous le dire, Messieurs (c'est une confidence que j'ai plaisir à vous faire), c'est en parlant ensemble de la démocratie et de son avenir, de son droit souverain et de ses destinées, désormais confondues avec les destinées de la France, que nous nous sommes rencontrés, reconnus et éprouvés; c'est sur ce terrain que nous nous sommes embrassés, pour ne plus jamais nous quitter.

Peu de gens savent que cette amitié, dont M. Trarieux a parlé en des termes qui m'ont fait venir les larmes aux yeux, est née surtout de la similitude de nos origines. Tous les deux, nous sommes sortis de l'humble boutique de petits marchands; tous deux, nous avons été élevés au prix des plus durs sacrifices. Aussi bien, comme je vous le dis, quand nous nous sommes reconnus, nous nous sommes jetés dans les bras l'un de l'autre, en nous promettant de nous consacrer tous deux, lui avec son grand esprit et moi avec tout le travail que je pourrais lui apporter pour le nourrir et le développer, au service de notre cause commune de plébéiens et de républicains.

Messieurs, permettez-moi de vous dire des choses que je n'ai jamais dites en public; mais il me semble que je vous dois plus, que je dois à cette grande et chère ville de Bordeaux plus que je n'ai donné à personne. Je reprends mes confidences. Elles me sont douces à vous faire.

C'était en juillet 1861, le jour où il prononça
sa première plaidoirie politique — non pas celle
du procès de la souscription Baudin, mais celle
du procès dit des « Cinquante-Quatre ». —
C'était une conspiration singulière, comme la
police en inventait de toutes pièces sous l'Empire, lorsqu'on avait à réchauffer le zèle pour
la dynastie, en glaçant les bourgeois d'épou-
vante. (Rires et applaudissements.)

Gambetta, jeune avocat tout à fait inconnu,
avait à défendre un jeune ouvrier des plus courageux et des plus intelligents, accusé d'avoir
fabriqué des bombes. J'étais assis à côté de lui,
pour la défense d'un autre ouvrier, moins jeune,
moins bruyant, moins en vue, mais aussi dévoué
à la République : je fus assez heureux pour le
faire acquitter.

Gambetta prononça pour son client une plaidoirie qui, je ne crains pas de le dire, fut un
véritable éclair. Les juges ne songèrent même
pas à protester : ils furent fulgurés. Ils étaient
pâles, abattus, comme si la foudre les eût frap-
pés ! (Rires.)

Le client de Gambetta avait été livré à la
justice par la police. Toute cette affaire était un
coup monté par des agents provocateurs. Je me
souviens encore de l'effet que Gambetta produi-
sit sur son auditoire, lorsque, s'adressant aux
magistrats, il leur dit d'une voix tonnante,
après une démonstration d'une irrésistible logi-
que : « Il est évident que ce jeune homme, qui

ne renie rien ici de ses opinions, et qui est prêt à cracher à la face de l'Empire la haine qu'il lui porte, il est évident que ce jeune homme est innocent du fait dont on l'accuse, mais qu'il a été trahi et vendu par des mouchards. Eh bien! devant ce Dieu qui est le vôtre et qui, lui aussi, a été crucifié par des mouchards; devant cette victime de la plus monstrueuse des erreurs judiciaires, devant cette victime de la haine politique unie à la haine cléricale, s'il vous reste quelque conscience, je vous mets au défi de le condamner. » (Applaudissements.)

Cette apostrophe extraordinaire révéla dans Gambetta, qui n'avait alors que vingt-trois ans, une puissance prodigieuse.

Je m'approchai de lui à la fin de l'audience. Jusqu'alors, je le connaissais peu, quoique j'eusse beaucoup entendu parler de lui et que j'eusse commencé de l'écouter et de l'observer. Sous le coup de mon émotion, je lui dis que j'éprouvais le besoin de lui parler : « Vous ne me connaissez point, et ce n'est pas ici que je désire avoir avec vous un entretien duquel va dépendre toute ma vie et, qui sait? peut-être la vôtre. Voulez-vous me donner votre soirée? » Il accepta cette proposition. Messieurs, c'est la nuit tout entière que nous passâmes ensemble.

En effet, pendant plus de douze heures, après le frugal repas que nos maigres bourses nous permirent de faire, bras dessus, bras dessous, nous nous promenâmes aux Champs-Elysées, échangeant nos idées, contrôlant nos opinions, versant, comme je le disais tout à l'heure, nos deux âmes l'une dans l'autre ; parlant, lui avec cette éloquence magnétique dont il avait le secret, et moi l'écoutant la joie au cœur, de la République, de la France, de cette démocratie française à laquelle nous appartenions, de ces petits et de ces dévoués dont nous étions les fils ; c'est cette nuit-là que nous passâmes ensemble le pacte qui nous a unis pendant toute notre vie. Je conserve de lui un petit portrait où il a tracé de sa main ces paroles : « Une heure nous a suffi pour apprendre à nous connaître ; notre vie entière ne suffira pas à épuiser les joies de notre amitié ! » Il disait vrai, Messieurs ; il a tenu parole. (Vive et profonde émotion.)

Jamais, Messieurs, jamais je ne l'ai vu un seul jour, depuis 1861 jusqu'en 1882 le 31 décembre, jamais je ne l'ai connu ayant une idée, formant un projet, étudiant un sujet, lisant un livre, méditant un dessein, lui, dans la haute situation où il était parvenu, sans qu'il m'ait dit : « Qu'en pense-tu ? As-tu pris connaissance de tel fait ? Quelle est ton opinion ? Crois-tu que nous puissions commencer telle entreprise ? Crois-tu que nous puissions la mener à bien ? » Et moi, Messieurs, tout en travaillant pour répondre à ses questions, jamais je ne l'ai abandonné. Partout où il a été, je me suis trouvé à ses côtés ; je l'ai suivi pas à pas, sûr à n'en pas douter qu'en le servant je servais à la fois mon

parti et mon pays. Il n'a franchi ni le seuil de la
Présidence de la Chambre, ni celui du Ministère des affaires étrangères; il n'est allé ni à
Tours, ni à Bordeaux, ni nulle part, sans que
je fusse avec lui. Pendant les années les plus
remplies de sa vie, j'ai été l'organe de sa pensée
dans la *République française* qu'il avait fondée ;
j'ai écrit pour lui et à sa place, comme j'ai signé
pour lui d'innombrables dépêches pendant la
Défense nationale.

C'est une collaboration sans pareille, sans
exemple et sans précédent, qui serait demeurée
sans doute toujours ignorée, si vous n'en aviez
pas entendu le récit de ma bouche; mais ce
récit, je l'ai fait en toute sincérité, pour répondre à votre bienvenue et vous remercier de votre
fidélité à cette chère et grande mémoire.

J'ai donc été lié avec Gambetta comme je
ne connais point d'autre homme qui l'ait été
avec un autre homme au même degré. Jamais
je ne me suis aperçu que ses sentiments à mon
égard eussent, je ne dirai pas changé, mais
faibli. Jamais, dans aucune circonstance grave,
il n'a pris une décision sans mon avis, je dirai
presque sans mon aveu. Je pourrais citer mille
exemples.

S'il a fait des fautes, j'accepte de grand cœur
d'en partager la responsabilité; j'ai surtout joui de
ses succès. Ainsi, quand il se trouvait au milieu
des foules qui l'acclamaient, non point comme
un sauveur — car il n'a jamais eu cette ridicule

et coupable prétention, — mais comme l'organe chaleureux, sincère, sympathique et dévoué de leurs opinions et de leurs espérances, j'étais à côté de lui, non pas pour applaudir, car je n'en ai jamais eu la force et il faisait une telle impression sur moi qu'il me paralysait, mais pour saisir sur le visage ému de tous ces Français patriotes et républicains, accourus pour le saluer et l'entendre, l'expression naïve et vraie de la confiance la plus admirable et la plus touchante. (Applaudissements.)

Que de joies, hélas! j'ai éprouvées, pour être aujourd'hui plongé dans un si grand deuil!

Cet homme-là, c'est ce Gambetta tant fêté, tant honni, dont vous voulez honorer la mémoire. Comment aurais-je pu, je vous le demande, ne pas répondre à votre appel?

Après l'admirable discours que vous venez d'entendre, je ne veux pas revenir sur la vie de Gambetta, pour en tirer à mon tour de nouveaux enseignements. C'est une grande et profitable leçon de politique qui nous a été donnée par M. Trarieux, en racontant en traits rapides cette trop courte vie. Il faut rester ce soir sur vos impressions. Demain nous devons nous revoir et peut-être aurai-je occasion d'y revenir, non pas pour les corriger, Dieu m'en garde! mais pour reprendre, à mon point de vue, certaines choses qui n'ont pas été dites peut-être aussi complètement que je les comprends moi-même; mais, ce soir, dans cette intimité si affectueuse à ce moment de la journée, à l'heure où nous songeons à nous séparer, contentons-nous de nous féliciter les uns et les autres de nous être reconnus dans l'expression d'une fidélité qui nous honore.

Messieurs, sachez bien que s'il y a dans Bordeaux-Bastide un cercle Gambetta, celui que vous avez fondé, sachez que nulle part, en France, sa mémoire n'est oubliée. Partout où je vais, partout, j'ai pu constater que son nom soulève les mêmes acclamations de sympathie, d'admiration et de reconnaissance. Il vit dans le cœur de tous les républicains; je dirai plus, dans le cœur de tous les Français.

J'ai donc la satisfaction de vous dire qu'il n'est plus méconnu par personne, mais qu'il est, aujourd'hui, compris de tous. Déjà l'histoire s'exprime dans le beau langage que vous avez entendu, et la postérité a commencé pour lui. On a fait allusion, tout à l'heure, à ses funérailles, auxquelles bon nombre d'entre vous, que j'ai reconnus en entrant, ont assisté. Jamais pareil spectacle ne s'était vu, et ne se reverra sans doute! Tous les partis ont fait trêve, disiez-vous. Mais que parlons-nous de partis? et que comptent-ils, et que pèsent-ils à côté de cette nation en pleurs et tout en deuil, dont la douleur dure encore et qui tous les jours dit: « S'il était là! » (Profond mouvement.)

Il est mort, vous le savez, la veille du 1er janvier. Le coup qui frappait la République et la

France a été si vivement ressenti, que cette fête du 1er janvier, universelle dans toutes les familles, riches ou pauvres, du pays, a été universellement interrompue. Dans cette horrible journée de la séparation définitive, je vous ai donné à vous, j'ai donné à cette chère ville de Bordeaux un souvenir tout intime. Je me rappelle qu'en repassant dans mon esprit tous les actes de cette existence brisée, je pensais à cet autre 1er janvier 1871, où vous étiez sous les fenêtres de l'hôtel de la Préfecture, sur le cours du Chapeau-Rouge, et où il vint lui-même pour vous remercier des souhaits que vous apportiez, non pas à lui, mais à la France, à la patrie à qui vous désiriez une meilleure année avec le relèvement de sa fortune. Quels coups du sort! Que de désastres accumulés!

Vous souvenez-vous de cette entrevue? Vous rappelez-vous comment, sous le froid terrible, vous étiez pressés, serrés, haletants et impatients, la figure tournée vers ce balcon, où il apparut un moment, et d'où il fit descendre en vos âmes les paroles les plus chaleureuses, les plus réconfortantes, vous parlant de la patrie, de sa gloire obscurcie mais impérissable, vous exhortant à la concorde, pour sentir renaître en vous la confiance dans les destinées de la France? A cette époque de 1871, il portait dans son cœur le grand cœur de la France. C'est la plus haute gloire à laquelle puisse prétendre un homme. Après cela, que sont les titres et les

honneurs, qu'est-ce même que le pouvoir?
Gambetta, à une heure de sa vie, a incarné son
pays. Nous le pleurons, nous; mais lui, qu'a-
t-il à regretter? (Nouvelle émotion.)

Vous, Messieurs, vous, mes chers concitoyens
de Bordeaux, en l'entendant parler avec ces
accents inoubliables, avec cette ardeur, avec
cette foi (ah! c'était un homme de foi, d'espérance et d'amour), vous pensiez à la patrie que
certainement il allait venger et reconstituer, et
voilà que dix ans après il était couché pour
jamais, par le plus vulgaire des accidents, dans
le cercueil!

Oui, c'est une destinée tragique que la sienne,
mais, encore une fois, c'est une bien glorieuse
destinée. Pour nous en tenir à son œuvre, on
peut dire de lui ce que Condorcet disait de
Voltaire : « Il n'a pas vu tout ce qu'il a fait,
mais il a fait tout ce que nous voyons! »

Tout a été écrit, tout a été entrepris, tout a
été fait pour décrier sa politique. Cette politique, on a voulu l'accabler sous des noms plus
ou moins barbares, et, tour à tour, les hommes
les plus divers s'en sont emparés pour la con-
tinuer sans le dire, quelquefois même en la
défigurant.

Qu'est-ce donc que cette politique fameuse?
La politique de Gambetta, Messieurs, elle n'est
pas dans les programmes, elle n'est pas dans les
promesses; elle est, comme il l'a dit lui-même,
dans les idées et dans les résultats. C'était non

pas un théoricien, mais un homme de raison et
de raison pratique. Ce qu'il voulait, c'est que
son parti fût digne des grandes destinées auxquelles le cours de l'histoire vient de l'appeler.

Gambetta n'a aimé dans le monde que la
patrie française; mais il l'a aimée d'un amour
immense : il voyait dans la France le flambeau
de l'humanité; il y croyait comme à une religion, et c'était la seule religion qui remplît son
âme. Sa conviction profonde était que ce flambeau, la France seule était digne et capable de
le porter à travers les âges, pour le plus grand
bien de l'humanité. La France l'avait porté sous
la monarchie, elle devait le porter sous la démocratie. C'est pourquoi il voulait que le parti
républicain, après avoir conquis la France, pour
être digne et capable de présider aux destinées
de la France nouvelle, devînt sage, pratique,
modéré, généreux. En un mot, il voulait que la
démocratie fût la France elle-même, avec ses
plus nobles qualités. (Double salve d'applaudissements.)

Il lui semblait que la nation devait se con-
fondre, dans le cœur et l'esprit des Français,
avec la République. C'est pour cette idée qu'il
a travaillé et qu'il a vécu, et jusqu'à la fin il a
cru qu'il lui serait donné de réaliser ce grand
rêve. Après avoir défendu la France comme
Danton, il aurait voulu la gouverner, d'abord
comme Richelieu, pour lui rendre en Europe et
dans le monde la place et la puissance qui lui

appartiennent, et ensuite comme Turgot, pour procurer à notre peuple tous les progrès économiques et sociaux, toutes les libertés et tous les droits. (Applaudissements.)

C'est pour avoir roulé dans sa tête puissante et dans son cœur magnanime de si grands projets qu'il a conquis dans l'histoire de France une place unique, et c'est pourquoi l'on a si bien fait de poser sa statue au Louvre, au centre même de l'histoire de France, comme le trait d'union entre l'ancienne France et la nouvelle. Il n'est pas seulement un fils de la démocratie, il est le fils de la France républicaine, telle que l'a faite la Révolution.

Il importe, Messieurs, que les générations nouvelles continuent à être élevées dans le respect et dans l'admiration de ce noble patriote et de ce grand républicain : c'est ce que vous avez voulu en fondant ce cercle. Soyez-en remerciés ! Soyez-en remerciés surtout par l'homme qui vous parle et qui, avant de terminer cette causerie, ne peut que vous répéter ce qu'il vous disait tout à l'heure du fond de son cœur : « Vous m'avez rendu bien heureux ! » (Bravo ! bravo ! Applaudissements prolongés.)

Dimanche 11 Juin 1893

BANQUET

D'INAUGURATION

servi dans les Salons du Cercle

SOUS LA PRÉSIDENCE

DE

M. SPULLER

———·⋈·———

ALLOCUTION DE M. Frédéric SURSOL

ANCIEN MAIRE DE CENON,
ANCIEN CONSEILLER D'ARRONDISSEMENT,

Président du Cercle Gambetta.

———

MESSIEURS,

Je n'ai ni l'intention ni la prétention de faire un discours; je laisse cet honneur à d'autres, plus autorisés que moi.

Mais après avoir constaté la réussite exceptionnelle de nos fêtes d'inauguration, je considère comme un devoir, et ce devoir m'est particulièrement agréable, de remercier cordialement, au nom du Cercle Gambetta, tous ceux qui ont contribué à ce succès en nous donnant, sans le marchander, leur concours le plus bienveillant et le plus empressé.

Je citerai notamment les Cercles républicains de notre ville, les représentants de la presse républicaine et bon nombre de nos amis politiques qui ont bien voulu accepter notre invitation.

Enfin, Messieurs, je dois une mention toute spéciale de notre gratitude à MM. les sénateurs Spuller et Trarieux, qui, non seulement ont répondu sans hésiter à notre appel, mais encore ont consenti à jouer un rôle actif ou plutôt prépondérant dans cette solennité : M. Trarieux comme conférencier, M. Spuller comme président d'honneur.

Vous êtes toujours, comme moi, sous l'impression de la belle conférence d'hier. Je n'ajouterai qu'un mot au sujet de ce magnifique discours, vibrant de patriotisme, c'est que Gambetta qui, lui aussi, était un puissant orateur, a trouvé en M. Trarieux un admirable interprète, et que l'honorable sénateur continue dignement les traditions de droiture et d'éloquence si estimées dans la patrie des Girondins.

M. Spuller nous a profondément honorés en consentant à présider nos fêtes d'inauguration : c'est qu'à une réputation incontestée de républicain intègre et éprouvé M. Spuller joint ce prestige ou plutôt cette auréole que lui donnent son amitié légendaire pour Gambetta et la collaboration active et dévouée qu'il a fournie au grand patriote pendant cette période héroïque de notre histoire qui s'appelle « la Défense nationale ».

Devant de semblables témoignages de sympathie, sous de pareils auspices, avec de tels patronages, on peut dire que l'avenir du Cercle Gambetta est définitivement assuré.

C'est dans cet espoir, Messieurs, que je vous invite à porter avec moi, la santé de :

M. Carnot, président de la République française ;

MM. Spuller et Trarieux, sénateurs ;

La Représentation républicaine de la Gironde,

La Presse républicaine bordelaise.

ALLOCUTION DE M. Martial TÉTARD

CONSEILLER MUNICIPAL,

Vice-Président du Cercle Gambetta.

MESSIEURS,

Il m'est bien doux, en ce jour de fête du Cercle Gambetta, de jeter un regard en arrière, et, envisageant d'un coup d'œil la route parcourue, de songer au point de départ et d'avoir un souvenir pour les ouvriers de la première heure.

Honneur en tout temps et en tous lieux aux hommes de bonne volonté! C'est grâce à leur concours que l'on édifie ou que l'on consolide. Qu'il me soit donc permis de les remercier de s'être joints à nous dans l'œuvre entreprise; ils peuvent voir maintenant et admirer avec nous les effets heureux dus à notre solidarité et à notre cohésion.

Parmi ces ouvriers de la première heure, il m'est agréable d'avoir à citer les membres de l'ancien Cercle de l'Union et du Commerce, dont nous occupons ici le local restauré et agrandi, et qui furent unanimes, devant la poussée des idées nouvelles, à nous céder la place, à rentrer dans notre sein pour s'unir plus intimement à l'ardeur de nos doctrines progressistes, et pour travailler en commun à l'œuvre patriotique par excellence, celle de l'unité morale de la France.

Je les salue donc, ces hommes de bonne volonté, membres de l'ancien Cercle, qui sont aujourd'hui des nôtres, et, en particulier, celui qui a personnifié pendant longtemps cette association.

Esprit éclairé, dévouement sans bornes, ami sûr et savant modeste, un de vos présidents les plus sympathiques assiste à ce repas.

Messieurs, je bois et je vous propose de boire à Monsieur le Dr Chabrely et aux membres du ci-devant Cercle de l'Union et du Commerce.

ALLOCUTION DE M. LE Dᴿ CHABRELY

ANCIEN PRÉSIDENT
DU CERCLE DU COMMERCE ET DE L'UNION,

Membre du Cercle Gambetta.

MESSIEURS,

Laissez-moi tout d'abord mettre de côté tout ce qu'il y a de personnel pour moi dans les paroles aimables que M. le Vice-Président a bien voulu m'adresser en souvenir des membres de l'ancien Cercle du Commerce et de l'Union. Je le remercie en leur nom et cela d'autant plus volontiers qu'il est plus rare de voir un fils arrivé ne pas rougir de l'humble condition de ses parents.

Et c'est bien ici le cas, Messieurs. Le Cercle Gambetta, né d'hier, compte ses membres par centaines. Il a des salons confortables et même luxueux. Il peut donner chez lui l'hospitalité aux membres les plus distingués du Parlement. Les discours qu'ils vont prononcer ici voleront demain par toute la France sur l'aile du télégraphe, et pourront avoir une influence décisive sur les élections prochaines et peut-être sur les destinées du pays.

Nous avions des visées moins ambitieuses.
Notre vieux Cercle, durant son demi-siècle
d'existence, a toujours vécu modestement, simplement. Il n'a pas eu d'histoire. On pourrait
lui appliquer à juste titre ce que Voltaire disait
plaisamment de l'Académie de Bordeaux :
« C'est une fort honnête fille qui n'a jamais fait
parler d'elle. »

Nous étions purement et simplement une
réunion d'amis. La plus franche camaraderie
régnait entre nous. Nous étions quelquefois en
brouille avec l'étiquette, et il nous arrivait
souvent, dans la mauvaise saison, de nous
rendre dans le local du cercle, comme les
bataillons de la Moselle, en sabots.

Notre plus grande prétention était d'être
vainqueurs à ce tournoi dont les armes étaient
le billard ou le besigue. Nous ne faisions pas
de politique et surtout pas de politique militante. Commerçants, chefs d'industrie ou d'ate-
liers, presque tous pères de famille, nous avions
un goût médiocre pour les désordres du forum
ou pour les agitations de la rue. Nous étions
tous des libéraux de nuances différentes suivant
notre éducation, notre tempérament, nos traditions de famille. On le savait au dehors. Aussi
avons-nous été suspectés mais non supprimés
au 16 Mai.

Notre idéal était une république sage, tolé-
rante, progressiste, patriote sans chauvinisme,
surtout ennemie des rêves creux et des utopies.

Ces idées, que nous professions dans l'intimité, vous les proclamez au grand jour; vous
propagez la bonne parole.

Aussi, il nous en a peu coûté d'abdiquer en
votre faveur; vous êtes l'épanouissement de
nos espérances, et quand je lève mon verre à
la prospérité du Cercle Gambetta, j'ai la conscience de boire à la perpétuation des traditions
courtoises de notre passé et à la sauvegarde de
l'avenir.

ALLOCUTION DE M. Th. MAUBOURGUET

CONSEILLER MUNICIPAL,

Président du Cercle Vergniaud.

MESSIEURS,

Ma première parole en me levant au milieu de cette belle et imposante réunion, c'est de remercier du fond du cœur le Cercle Gambetta de la gracieuse invitation qu'il a bien voulu nous adresser, en nous priant d'assister à sa fête d'inauguration.

Ma joie est d'autant plus grande, Messieurs, que tous les cercles républicains de Bordeaux sont ici représentés, et dignement représentés, et que la cérémonie qui nous réunit aujourd'hui va, c'est le vœu que nous souhaitons, resserrer les liens d'amitié qui nous unissent déjà et nous permettre, dans les luttes prochaines qui vont s'ouvrir, de porter haut le drapeau de la République. Messieurs, je fais des vœux pour la prospérité du Cercle Gambetta, je souhaite qu'il suive la politique de l'illustre patriote dont il a pris le nom.

Pour moi, Messieurs, après les superbes dis-

3.

cours des hôtes éminents de ce Cercle, et dont nous devons tirer un enseignement utile, j'estime que tous nos efforts doivent tendre à l'union, à l'apaisement des partis.

La République est aujourd'hui établie en France sur des bases solides, et il serait insensé celui qui aurait la prétention de changer notre système de gouvernement. Mais notre devoir est de rendre la République plus forte encore; pour cela, ouvrons largement nos portes aux hommes honnêtes et de bonne volonté; mettons l'intérêt du pays au-dessus de celui des partis, et acceptons dans nos rangs ceux qu'on nomme les ralliés.

Un gouvernement, pour être fort, doit s'appuyer sur une majorité compacte et grande.

Que de gens, Messieurs, hésitent encore à se prononcer et pensent tout bas ce qu'ils n'osent dire tout haut! Que d'intelligences, que de capacités perdues pour la République et le bien du pays! Enfin, Messieurs, en terminant, laissez-moi émettre ce vœu, de voir avant longtemps tous les bons Français devenir de bons républicains.

ALLOCUTION DE M. OLAGNIER

Président du Cercle Voltaire.

MESSIEURS,

Votre honorable président, M. Sursol, vient, en ma qualité de président du Cercle Voltaire et aussi par bénéfice d'âge, de m'offrir la parole.

J'en profite, Messieurs, pour remercier bien vivement les membres du Bureau du Cercle Gambetta de leur cordiale invitation, de l'honneur qu'il nous ont fait, du plaisir et de la joie toute patriotique que nous avons éprouvés en prenant part aux belles fêtes d'inauguration de ce jeune Cercle républicain.

D'ailleurs, il me sera bien permis de rappeler que, en 1878, au lendemain des tentatives antirépublicaines de l'Ordre moral, la création du Cercle Voltaire, que j'ai l'honneur de représenter ici, trouvait dans ce milieu bastidien des adhérents nombreux, ardents et dévoués. Avec eux, nous avons combattu pour la défense de nos intérêts politiques; avec eux, qui sont nombreux à cette fête, nous avons triomphé de difficultés que l'on oublie peut-être trop aujourd'hui.

Je crois, Messieurs, qu'il n'est pas sans intérêt de rappeler ces souvenirs.

A mon sens, ils sont la justification, la légiti-
mation du Cercle Gambetta.

Sa création répond aux nécessités politiques
du moment où nous sommes dans cette partie
de notre ville.

Nous arrivons, en effet, à l'échéance de 1893.
Elle doit être, pour vous et pour vos amis de la
rive gauche, l'occasion d'une revanche des
tristes élections législatives de 1889!

Aux programmes de politique républicaine,
progressiste et gouvernementale développés
récemment dans notre Sud-Ouest; au discours
si éloquent, si enflammé de l'éminent sénateur
de la Gironde, M. Trarieux, que vous avez
entendu hier soir, retraçant la vie politique de
celui qui sera l'éternel orgueil des républicains;
à la causerie intime, confidentielle, si profondément émue de M. le sénateur Spuller sur cet
ami qu'il a fait revivre un instant en nous le
montrant sous un aspect nouveau si touchant;
à tout cela, Messieurs, il faut une sanction.

Elle sera, j'en suis convaincu, dans la revanche de notre 3e circonscription de Bordeaux,
dont je vous parlais il y a un instant.

Elle est nécessaire, pour effacer l'humiliation
subie par nous depuis quatre ans, pour rendre
à notre ville son renom républicain.

Pour ce résultat à atteindre, votre jeune
Cercle pourra faire beaucoup. Il agira certai-

nement de manière à permettre aux égarés, aux abusés, à ceux qui ont pu se tromper de bonne foi, de se reprendre.

Il fera, je l'espère, plus et mieux encore : il éclairera vigoureusement l'esprit républicain si ardent de la population bastidienne, afin de le ramener sur le terrain salubre des solutions raisonnées, pratiques et l'accomplissement du devoir.

Il affranchira les électeurs bastidiens de toutes considérations personnelles, si généreuses soient-elles.

Dans l'intérêt supérieur d'une politique qui a fait beaucoup pour la France depuis vingt ans, à laquelle il appartient de trouver des solutions plus difficiles, afin d'assurer l'avenir de notre pays, il ralliera toutes les bonnes volontés.

C'est bien là, n'est-ce pas, votre programme d'action ?

Nous chercherons en commun celui qui nous paraîtra le mieux préparé pour le faire aboutir.

C'est au plus vaillant, au plus courageux, au mieux instruit, au plus intelligent, au plus compétent, au plus digne enfin, que le mandat politique législatif doit être conféré.

Voilà ce que doit être celui à qui nous confierons le drapeau républicain qui nous guidera dans la grande bataille électorale de 1893.

Le XIXe siècle, l'un des plus glorieux, sinon le plus glorieux de notre histoire, a vu à son origine les premières applications des merveilles de la vapeur.

Il va bientôt finir, témoin des applications chaque jour plus surprenantes des merveilles de l'électricité.

Ce siècle a vu surgir dans les domaines de la politique, de la littérature, de la poésie, des arts sous leurs diverses formes, de la science et de l'industrie, une pléiade nombreuse d'hommes de génie, qui, tous, ont tracé un sillon lumineux.

Après eux, l'effort humain, semble-t-il, ne connaît plus d'obstacles!

Est-ce que, après cet entraînement prodigieux, qui n'a pas eu seulement pour objectif le succès, mais la mise en relief de l'intelligence féconde et du mérite désintéressé, nous allons déchoir?

Non! cela n'est pas possible!

Ces idées, ces aspirations, ces résolutions sont les vôtres.

Aussi, en terminant, je lève mon verre au Cercle Gambetta, à son avenir, à son action conciliante et vigoureusement progressiste, à ses succès républicains!

ALLOCUTION DE M. Gabriel DESBATS

AVOCAT,

Délégué du Cercle National.

MESSIEURS,

Au nom du Cercle National, que j'ai l'honneur de représenter ici, je remercie le Cercle Gambetta de l'aimable invitation qu'il a bien voulu nous adresser.

Je l'en remercie, non seulement parce que j'y vois une marque d'affectueuse sympathie, à laquelle nous avons été particulièrement sensibles, mais encore parce que c'est pour moi un signe de votre désir de joindre vos efforts aux nôtres pour le triomphe des idées républicaines. L'union de tous les républicains est nécessaire; mais laissez-moi vous dire que je la crois suffisante. Si nous avons aux élections prochaines de l'unité dans la direction et de la continuité dans l'effort, je suis convaincu que nous remporterons une victoire facile. Il me semble, en effet, impossible que Bordeaux, qui a toujours été à l'avant-garde de la République; que Bor-

deaux, qui, en 1889, n'a abandonné momenta-
nément la cause de la liberté que grâce à des
compromissions que beaucoup de ceux-là mêmes qui les ont consenties doivent aujourd'hui
amèrement regretter, n'ait à honneur de revenir
aux idées qui ont été son honneur et sa gloire,
et ne se débarrasse de ces trois singuliers représentants, boulangistes hier, socialistes aujour-
d'hui, fantaisistes toujours. C'est pourquoi le
Cercle National ne peut que s'applaudir de voir
ainsi se créer à La Bastide un Cercle franchement républicain, et lui souhaite longue vie et
prospérité.

Et maintenant, Messieurs, que j'ai terminé ce
que j'étais chargé de vous dire au nom du Cercle
National, voulez-vous me permettre de garder
la parole? Vous m'excuserez : vous savez que,
chez les avocats, c'est un peu professionnel.

Hier soir, avec cette magnifique éloquence
qui soulève toujours notre admiration, M. Trarieux ne s'est pas borné à nous indiquer le programme de l'heure présente et de l'avenir : il
nous a fait aussi l'histoire du passé. Il nous a
redit les luttes que vous avez eu à soutenir
pour la conquête de la liberté. Pour beaucoup
d'entre vous, c'était l'évocation de souvenirs
personnels. Pour moi, Messieurs, c'était plus :
c'était un enseignement nouveau. Dans notre
beau pays de France, vous le savez, ce que la
jeunesse ignore le plus, c'est son histoire immédiatement contemporaine. Lorsqu'on nous parle

aujourd'hui non seulement du 2 Décembre ou de la loi de Sûreté générale, mais encore du 24 Mai ou du 16 Mai, cela n'éveille en nous qu'une impression très vague, si toutefois cela éveille une impression quelconque. Certes, la jeunesse d'aujourd'hui est fermement attachée à la République ; mais, ignorant les difficultés de ses débuts, elle est moins apte que vous à en apprécier le prix. Dans le milieu où je vis, à la Faculté de droit, les jeunes gens cléricaux et réactionnaires, quoique plus bruyants et surtout beaucoup mieux organisés que nous, sont cependant fort loin de former la majorité. Presque tous nous sommes républicains, mais peut-être ne sommes-nous pas assez ardents ni assez militants.

C'est un peu votre faute, Messieurs : vous nous avez donné toutes les libertés ; nous n'avons plus qu'à en jouir. Aussi y a-t-il chez nous une indifférence qu'il importe de dissiper. Il nous faut une direction, et j'ose dire, Monsieur le Sénateur, que vous êtes tout désigné pour la prendre ; vous qui, par un rare et singulier privilège, vous trouvez à la fois âgé par le talent et l'expérience, jeune par l'âge et l'énergie ; vous, enfin, qui, l'année dernière, dans une magnifique conférence dont nous n'avons pas perdu le souvenir, nous signaliez cette indifférence dont je parle et nous exhortiez à en sortir.

Venez à nous, Monsieur le Sénateur, donnez-nous des conseils et une direction, et la jeunesse

républicaine sera heureuse et fière de combattre
auprès de vous pour le triomphe du drapeau
républicain, que vous avez toujours tenu si haut,
si ferme et si droit. C'est dans cette pensée que
je prie l'assistance de se joindre au toast que je
porte en votre honneur et à votre santé!

ALLOCUTION DE M. Charles CAZALET

ADJOINT AU MAIRE DE BORDEAUX,

Vice-Président du Cercle Gambetta.

Lue par M. A. Trial.

MESSIEURS,

Cette inauguration, attendue si impatiemment depuis six mois, la voilà, telle que nous la rêvions, telle qu'elle devait être : digne du but que nous nous sommes donné en créant notre Cercle, digne du grand républicain patriote dont nous avons pris le nom et le programme.

Pour parler de l'homme qui, après avoir défendu la liberté contre l'Empire et sauvé l'honneur du pays en 1870, s'est efforcé d'accomplir l'œuvre de la démocratie française sans bouleverser la société, il fallait un maître dans l'art de bien dire, un cœur chaud, une âme haute et large, c'est-à-dire un orateur comme l'honorable M. Trarieux.

Pour présider la solennité et déployer notre drapeau, nous voulions un des amis personnels de Gambetta, un de ses fidèles, ayant vécu de sa vie, associé sa pensée à ses pensées, partagé ses passions généreuses et ses patriotiques espérances. Ai-je besoin de vous demander, Messieurs, si vous applaudissez au choix de M. Spuller, le vaillant sénateur de la Côte-d'Or?

A La Bastide, nous avons un culte pour le héros de la Défense nationale, et lorsque nous avons dû dénommer notre Cercle, c'est spontanément et à l'unanimité que son nom est venu sur toutes les bouches.

Qui s'en étonnerait?

Gambetta n'a-t-il pas toujours prouvé qu'il aimait passionnément la patrie? N'avait-il pas pour devise : « Patriote avant tout » ? Et s'il voulait réunir en un seul faisceau toutes les intelligences, toutes les forces vives du pays, n'était-ce pas pour en faire vivre et prospérer sa chère République, assurer la grandeur de la France, et n'est-il pas mort, comme on le disait hier au soir, l'œil et le cœur toujours tournés vers nos régions de l'Est, répétant ces mots : « *L'Alsace et la Lorraine, il n'y a que ça qui vaille la peine de vivre.* »

Aussi, devant sa fière image, devant ce drapeau tricolore qu'il a tant aimé, je bois, Messieurs, à l'Espérance!

DISCOURS DE M. SPULLER

au Banquet.

MESSIEURS,

Je vous disais hier soir, en commençant et en terminant mon discours : « Vous m'avez rendu bien heureux ! »

Que vous dirai-je aujourd'hui ?

Je tiendrais à ne pas retomber dans des redites. Mais comment qualifierai-je ce qui est à mes yeux le caractère particulier de cette réunion, et comment pourrai-je traduire l'impression qu'elle me laisse ?

Je ne voudrais point vous flatter, et encore moins paraître au milieu de vous comme un homme qui n'a que des remerciements à vous offrir. Mon intention est d'essayer de vous dire ce que je pense, à la suite des orateurs qui viennent de s'exprimer en votre nom — et j'ai le droit de parler ainsi, puisque vous avez ratifié leurs paroles par vos applaudissements, — de leur manière d'entendre la politique républicaine, de résoudre les difficultés qu'elle nous propose, et de comprendre les devoirs qu'elle nous impose; et, à cet égard-là, je suis bien forcé de me servir d'une expression qui vous paraîtra peut-être trop louangeuse, mais qui, sur mes lèvres, n'est cependant que l'expression de la pure vérité, telle qu'elle m'apparaît.

Messieurs, vous qui êtes les membres fondateurs du Cercle Gambetta, et vous, chers Concitoyens, qui êtes venus de tous les Cercles de Bordeaux, vous tous qui avez, à mes yeux tout au moins, le droit de parler au nom de cette grande ville si éclairée et si libérale, dévouée aujourd'hui comme hier à toutes les grandes et nobles idées que nous avons défendues toute notre vie, je ne puis m'empêcher de vous dire que votre œuvre d'union et de concorde est bonne, et que, par les espérances qu'elle me donne dans le succès de notre cause, vous me ravissez. (Mouvement.)

Oui, Messieurs, vous me ravissez.

Comment ne pas être frappé, ne pas être heureux après les paroles prononcées par ce jeune homme (M. Desbats) si plein d'avenir, qui a parlé avec tant d'intelligence, avec tant de générosité, montrant une fois de plus qu'il a reçu le don si aimable de la séduisante éloquence qui semble l'apanage de votre bien-aimé pays? Comment ne pas lui dire tout ce qu'il me laisse au cœur de confiance dans l'avenir de la liberté et dans le développement des institutions favorables à la démocratie? (Applaudissements.)

Mais, Messieurs, que ne dirai-je pas à celui
qui, après lui et par le privilège de son âge, a
parlé au nom des anciens? (Bravo!)

Les hommes des générations nouvelles repré-
sentées ici par le brillant orateur que nous
avons applaudi, ont certainement compris, en
écoutant M. Chabrely, tout ce que les anciens,
les vrais anciens, ceux qui ont eu en partage la
grande culture intellectuelle et morale, gardent
au fond du cœur de fidélité à la cause libérale;
ils ont dû voir et comprendre, par cet exemple
admirable, mes chers Concitoyens, tout ce que
peut inspirer de noble et de juste à un homme
de bien, à une âme élevée et à un caractère
droit et sûr, le culte soigneusement entretenu
de tout ce qu'il y a de plus vrai, de plus beau,
de plus élevé dans la nature humaine. (Applaudissements.)

Monsieur, vous venez de tenir ici, sous une
forme enjouée, le langage le plus respectable,
et c'est un véritable service que vous nous avez
rendu, car il n'était pas possible, le jour où
l'on fonde une réunion appelée à de grands dé-
veloppements, de lui apporter des paroles plus
réconfortantes, plus encourageantes que celles
que vous avez prononcées.

Vous avez — plus qu'il ne convenait, mais
avec une modestie charmante, qui honore sin-
gulièrement non seulement votre personne,
mais tous ceux qui vous ont accompagné dans
votre vie, — vous avez oublié tout le bien que

vous avez fait. (Bravo!) Il appartient à vos
concitoyens de s'en souvenir. Vous n'avez fait
allusion qu'à une seule date, celle de 1877;
mais les autres, les périodes antérieures : les
temps affreux du silence forcé, où l'on était
obligé de s'oublier soi-même, en faisant d'inno-
centes parties de bézigue ou de billard? (Sou-
rires.) J'ai connu ces temps; j'en ai subi, comme
vous, toute l'horreur, et j'ai vu, j'ai su ce qu'il
en a coûté à notre infortuné pays, non pas seulement pour payer la faute qu'il avait commise
de s'abandonner à un homme, mais pour vivre.
(Mouvement.)

Il vous a plu de ne nous rièn dire de vos
constants et généreux efforts de cette époque.
Il semble que vous ayez passé tout cela, suivant
une expression bien connue des commerçants
qui nous écoutent, au compte des profits et
pertes.

Mais, mon cher Concitoyen, c'est là une raison de plus pour nous de ne point oublier que
vous avez fait partie d'une génération sacrifiée;
qu'en pleine force, en pleine activité, la main
du crime s'est abattue sur la France de votre
temps. (Mouvement.) C'est pour établir le pouvoir personnel d'un homme que l'on a fermé la
bouche à ce pays. Souvenons-nous, Messieurs,
de ces heures d'égarement et d'affolement à
jamais regrettables! C'était le temps où une
voix éloquente, celle de Montalembert, — cet
homme qui a fait tant de mal à la liberté et dont

il est cependant impossible de prononcer le nom
sans quelque respect, quand on songe à tout ce
qu'il a souffert pour l'avoir perdue, — c'était le
temps où un homme comme Montalembert disait ces paroles criminelles qui retentirent à nos
oreilles de vingt ans : « La France est affamée
de silence! » Hélas! ce silence, on le lui a im-
posé. On croyait faire de la politique conser-
vatrice. Où nous a-t-elle menés, cette conserva-
tion-là?

Oui, nous avons traversé ces temps affreux!
Nous les avons traversés, en rongeant notre frein
d'abord, tous pleins de colère et disposés à la
violence. Mais, peu à peu, nous avons retrouvé
le calme et le courage, en nous disant qu'il était
impossible que le libre génie de ce grand pays
fût à jamais perdu, écrasé sous la botte d'un
César de rencontre; nous avons cru, d'une foi
vive et agissante, à la résurrection de la patrie
française; nous avons espéré fermement qu'elle
reparaîtrait un jour devant le monde ébloui,
resplendissante de force, de lumière, de beauté;
et c'est oette foi, c'est notre espérance dans la
patrie qui nous a sauvés! (Applaudissements.)

Messieurs, je ne me dissimule pas que je me
sers d'un langage aujourd'hui démodé, et je sais
aussi bien que personne que ce n'est plus la
nouvelle manière de parler politique. Quand on
se rencontre maintenant entre républicains, de
quoi est-il question? Uniquement des dissen-
sions qui déchirent le grand parti républicain.

On n'entend parler que de groupes et de sous-
groupes, de centre gauche, de centre droit, de
conjonction des centres, d'extrême gauche, de
socialistes, d'irréconciliables, de ralliés, de résignés. (Rire général.) Que vous dirai-je? On ne
sait quelles épithètes employer, quels qualifi-
catifs imaginer pour diviser ce noble et malheureux pays qui n'a soif que d'une chose, de
se retrouver dans son unité, mieux que cela,
dans son union morale. (Bravos répétés.)

Messieurs, vous ne pouvez pas attendre de
moi que je reprenne à mon tour, pour en faire
la critique ou l'éloge, toutes ces qualifications
diverses. Non; vous me ferez la grâce de ne
pas me demander si je suis pour les ralliés, ou
contre les ralliés, si j'accepte les résignés, ou
si je prétends les exclure de la République.
(Nouveaux rires.)

Ah! Messieurs, permettez-moi de vous le dire
dans toute la sincérité de mon âme, encore tout
émue des grands accents du grand homme
d'Etat dont on vous a parlé hier : il ne doit y
avoir dans la France que des Français, comme
il ne doit y avoir dans la République que des
républicains! (Applaudissements.)

Ne croyez pas, Messieurs, que ce soient là
de simples et banales formules qui ne disent
rien, parce qu'elles embrassent trop; ne pensez
pas surtout que ces façons de parler ne soient
que de simples moyens oratoires pour éluder
une difficulté politique, celle que l'on regarde

bien à tort, selon moi, comme la plus grande difficulté de notre temps ; c'est, au contraire, toute une politique qui est ainsi formulée, et, je ne crains pas de le dire, c'est la seule, c'est la vraie, c'est la sage, c'est la nécessaire politique. (Applaudissements.)

Les journaux — et je demande pardon à mes confrères de la presse de leur parler si crûment, mais il y a trente ans que je suis journaliste et j'ai bien le droit de dire toute mon opinion, surtout à mes confrères — les journaux, nos journaux n'entendent pas, ou plutôt n'entendent plus cette grande et simple politique de l'union républicaine.

Qu'est-ce donc que cette politique ? Elle consiste à rétablir l'union morale dans ce pays, pour rétablir sa force militaire et restaurer sa grandeur historique, pour assurer sa prospérité, pour affermir ses libertés, pour rendre enfin au monde civilisé la France qu'il a toujours connue et dont il a plus que jamais besoin. (Applaudissements.)

Messieurs, comment la République s'est-elle imposée à ce vieux pays qui avait eu à sa tête une monarchie de quatorze siècles ? La République a eu à vaincre bien des résistances, à maîtriser bien des oppositions ; elle y est parvenue par la force même de son principe. La République est, qu'on le veuille ou non, — on ne peut plus guère contester là-dessus, — la République est la solution, la fin d'un siècle de

4

bouleversements pour la France. La République, c'est l'ordre; aveugles sont les conserva-
teurs qui méconnaissent cette vérité.

Longtemps elle a été contestée, niée par des
factions, par des partis, par des classes sociales,
voire même par certaines individualités qui se
sont arrogé le gouvernement de ce pays, par
des usurpateurs, par des tyrans; car nous avons
connu toutes les formes de monarchie depuis
un siècle, depuis l'oligarchie jusqu'au pouvoir
d'un seul.

Mais à travers toutes ces épreuves le fond de
la nation a suivi son chemin, sa voie, sans
jamais s'en laisser détourner. Jamais la France
n'a entendu renoncer à la possession d'elle-
même, même dans les années fatales où elle
s'est abandonnée. Dès qu'elle s'est reconnue,
elle s'est reprise. Or, la libre, la complète,
l'absolue possession du pays par lui-même,
c'est la République. (Applaudissements.)

C'est pourquoi Gambetta avait fait de la
reconnaissance de la souveraineté nationale le
premier principe de sa politique. A cette politique, il donna le nom de politique du suffrage
universel, et c'était fort audacieux. Il faut avoir
traversé les temps que je rappelais tout à l'heure
pour savoir de quel coup de poignard le parti
républicain qui a donné le suffrage universel
à la France eut en quelque sorte le cœur traversé quand le suffrage universel abandonna
la République après le 2 décembre.

Telle fut, Messieurs, la première, la plus douloureuse impression de notre vie. Il y eut, à cette époque, des républicains qui, dans leur désespoir, allèrent jusqu'à manquer de respect à la France; jusqu'à dire que notre chère et malheureuse patrie n'était pas digne de la liberté. C'était à la fois une erreur et un blasphème. On ne connaissait pas bien la France. Elle avait été trompée, égarée, violentée, affolée, voilà tout, mais elle était restée au fond fidèle à elle-même.

Le jour où le criminel auteur du 2 Décembre lui rendit le suffrage universel, il est arrivé que par cet obscur et secret instinct des foules, la France s'est attachée d'une manière invincible à cette institution primordiale, qui ne crée pas la souveraineté, mais qui la promulgue et la déclare. Le peuple d'ouvriers, de paysans, de petits patrons, de petits négociants, sembla se dire : « Nous tenons entre nos mains le véritable instrument de notre libération; nous viendrons à bout de toutes les ambitions, de toutes les compétitions, de toutes les usurpations personnelles. Avec le bulletin de vote, c'est bien nous qui sommes les maîtres; peu à peu c'est la France elle-même qui se trouvera reconquise par elle-même. »

Honneur donc aux républicains de 48! Saluons-les malgré leurs fautes, leurs défaillances et leurs erreurs; ils nous ont donné l'arme libératrice par excellence. En remettant entre nos mains le signe de notre souveraineté, ils l'ont assurée pour toujours. (Applaudissements.)

Tel a été, Messieurs, le premier effort politique de Gambetta. Il s'est attaché au suffrage universel comme à l'ancre de salut, et s'il y a quelque chose qui, à mes yeux, le grandit et l'honore plus que tout le reste, je puis le dire maintenant qu'il n'est plus là, c'est d'avoir été, dès le premier jour et au premier rang, de ceux qui se sont tournés vers nos plus anciens amis, vers ceux qui nous avaient formés, et qui peut-être comptaient sur nous pour épouser leurs vieilles querelles et reprendre leur politique de conspirations et de coups de force, pour leur dire qu'il était temps de changer de tactique et de faire de la République un gouvernement, d'en faire le gouvernement de la démocratie française. C'est ce que Gambetta exprimait en disant que la période héroïque était close; et c'est une grande et forte parole dont on n'a peut-être pas compris toute la portée. (Mouvement.)

Au lieu d'un parti de violence et de révolutions par la force, vous avez un parti qui agit par la persuasion et qui fait ses conquêtes par la discussion et par la raison. (Applaudissements.)

Messieurs, un homme qui accomplit de si grands changements est un homme qui compte dans l'histoire de son pays. Je vous ai dit hier qu'on avait bien fait de poser la statue de Gambetta dans le Carrousel, au centre même de l'histoire de France. Certes la Défense nationale, la résistance à l'ennemi, l'honneur français sauvé, ce sont de grands titres à la gloire, mais cela ne regarde en Gambetta que le patriote. Or, il était aussi grand républicain que grand Français, et, comme citoyen, voilà le premier et le plus signalé de ses services. Il a été le premier à enseigner à la démocratie militante, à la plus avancée, à celle de Belleville comme à celle de la Guillotière, que le suffrage universel doit avoir pour effet de supprimer tout appel à la force et à la violence, De plus, il a voulu faire de son parti un parti de gouvernement, ce qui signifie qu'en dehors de la République il n'y a plus de pouvoir pour la France. (Mouvement.) Mais voici qui n'est pas moins digne d'attention :

Les circonstances ont voulu que la République nous ait été donnée dans des circonstances extraordinaires, au milieu d'un trouble profond, par un temps de détresse et de calamités telles que la France n'en avait pas connu de semblable depuis les temps à jamais épouvantables de la guerre de Cent ans. Gambetta s'est penché vers ce pays, gisant à terre, et, pour le ranimer, il a essayé, lui tout seul, de lui rendre le souffle des grands jours. J'ai prononcé hier le nom de Danton; je le répète aujourd'hui : Gambetta a été le véritable héritier et continuateur de Danton; il est de sa lignée, et il avait beaucoup de son tempérament et de son génie. Leurs deux

noms sont à inscrire parmi ceux des plus grands
Français qui aient vécu. (Applaudissements.)

Mais, dit-on, Gambetta a échoué, tandis que
Danton a réussi, et cela seul suffirait à les
distinguer. Oui, Messieurs, Gambetta a échoué ;
au regard des historiens superficiels, il a même
échoué de la façon la plus misérable. Mais ce
n'est pas ce que disent nos ennemis ; au dehors,
il a été mieux connu, mieux compris, mieux
apprécié que chez nous. C'est chez nous qu'il
a été conspué, honni, méprisé, désigné à sa
patrie comme un fou furieux ; pas longtemps,
Messieurs, parce que l'intelligence ne perd
jamais ses droits. Le vieillard plein de jours et
d'expérience qui appelait Gambetta fou furieux
s'est rapproché de lui, se disant qu'il en était de
la folie patriotique de Gambetta comme de la
folie du vieux Brutus, ce sage qui avait enfermé
de l'or dans un bâton de sureau. M. Thiers ne
tarda pas à voir et à reconnaître qu'il y avait en
Gambetta ce qu'il n'avait jamais trouvé dans
aucun homme appartenant à la démocratie : une
haute raison, un grand cœur, beaucoup d'habileté et de prudence servies par une éloquence
pleine de fougue et de passion. Alors ces deux
hommes, le vieux et le jeune, se sont trouvés
réunis et associés ; l'homme d'expérience a fait
appel à l'homme d'enthousiasme. Alors, Messieurs, de l'association de Thiers et de Gambetta
est né cet ordre nouveau, ce régime d'ordre et
de liberté dont jouit notre démocratie laborieuse

et honnête, au sein duquel notre nation vit et travaille, prospère, grandit, répare ses forces, grandit en sagesse et en lumières. Sous ce régime, la France a retrouvé l'estime générale de l'Europe ; elle a même conquis l'amitié d'une grande puissance, et nous en sommes aussi heureux que fiers.

Pourquoi ne signalerai-je pas encore ce qui à mes yeux fait de Gambetta un homme d'Etat hors de pair ?

Gambetta, par ses discours, par sa propagande oratoire, a été l'un des plus grands éducateurs de la démocratie. Messieurs, rien n'est plus difficile que d'agir sur ses propres amis ; c'est presque aussi difficile que d'agir sur soi-même, pour travailler à sa propre amélioration. Nos pensées, nos opinions, Messieurs, elles ne nous appartiennent pas exclusivement et en propre. Savons-nous bien comment elles sont nées dans nos esprits ? Nous sommes-nous bien rendu compte qu'elles ne sont pas toujours le produit de nos réflexions personnelles ; que nous les empruntons sans le savoir, à plus forte raison sans le dire, à tel ou tel, et que, lorsque nous pourrions penser d'une façon libre et originale, nous ne faisons le plus souvent que reproduire les opinions des autres ?

Eh bien ! Messieurs, agir sur ses amis, c'est faire le contraire de cela ; c'est leur proposer de changer leur opinion contre une autre meilleure ou que l'on croit telle, et c'est aussi le plus

4.

souvent les heurter, les froisser, leur demander des sacrifices que, dans la plupart des cas, ils sont incapables de faire.

Je me souviens d'avoir eu l'honneur, quelques jours avant sa mort, d'entendre M. Thiers me raconter, avec la plus vive émotion, les luttes que lui, vieux monarchiste, il avait dû soutenir dans le monde au milieu duquel il avait passé sa longue vie, pour leur démontrer que s'il s'était séparé de ses amitiés les plus anciennes, les plus chères, pour rester du côté de la France, c'était à la fois par raison et par devoir, par patriotisme et non par entraînement du cœur, et surtout par obéissance à tout ce qu'il y avait de plus impérieux dans son esprit.

M. Thiers disait : « Heureux ceux qui n'ont pas eu à souffrir de telles douleurs! » Je me plais à citer ce mot, Messieurs, à ceux qui, sans rien comprendre aux choses les plus délicates de la conscience, n'imaginent pas ce qu'il peut en coûter à ceux qu'on appelle les résignés et les ralliés, d'abandonner leurs idées et leurs préférences, leurs opinions les plus anciennes et les plus chères, avant de changer de camp. (Applaudissements.)

Si le respect ne me l'eût interdit, j'aurais pu, ce jour-là, dire à l'illustre M. Thiers, un homme de 1789 et de 1830, qui avait déclaré qu'il serait toujours du parti de la Révolution : « Eh! Monsieur, vous parlez de ce que vous avez souffert; mais nous, que dirons-nous de ce qu'il nous en

coûte de froisser les convictions de ceux au
milieu desquels nous avons vécu, qui nous ont
élevés, et qui trop souvent se figurent que nous
les abandonnons pour trahir la cause qu'ils ont
servie et pour passer à leurs ennemis? » Nous
avons eu et nous avons encore à souffrir de la
défiance et des soupçons de notre parti, ce cher
et glorieux parti républicain si longtemps op-
primé, si longtemps traversé par les plus dures
épreuves, et qui ne peut pas croire, après avoir
tant pâti, qu'il est enfin arrivé au triomphe. Et,
cependant, le parti républicain est aujourd'hui
le maître. Tous abdiquent devant lui ; tous re-
connaissent qu'il a conquis ce pays ; tous se
rendent compte qu'à force de générosité, de
loyauté chevaleresque, de dévouement infati-
gable, de persécutions et de martyres, il a fini
par gagner à lui et à sa cause cette nation française si généreuse, si capable et si digne de
comprendre tout ce qu'il y a eu d'élevé comme
aussi ce qu'il y a eu d'injuste dans tant d'épreuves noblement supportées. Aussi, Messieurs,
ceux de 48, nos anciens, ne sauront jamais la
reconnaissance que nous leur gardons ; mais
cette reconnaissance ne doit pas aller jusqu'à
nous empêcher de reconnaître que leurs procédés,
leur méthode politique, leurs passions et leurs
doctrines ne sont plus ceux de notre génération
qui, déjà, s'en va. Le temps nous presse à notre
tour, et déjà nous ne sommes guère compris de
ceux qui nous suivent. (Mouvement.)

Messieurs, j'aime mieux vous parler de ces choses que vous tracer un programme; les programmes passent, mais les questions de conduite demeurent; et ce sont ces grandes questions morales qui constituent la vie même d'un parti, d'une nation. Ce que nous demandons, c'est qu'on cesse de faire de la politique de coterie pour faire enfin de la politique générale. Ce que nous demandons, c'est que nous cessions de nous quereller sur ce qui est à faire, pour ne faire qu'une chose, la seule que nous puissions faire tous ensemble. (Applaudissements.)

Ce que nous demandons, ce n'est pas que l'on renforce tel ou tel groupe de préférence aux autres; ce que nous demandons, c'est que l'on fasse une majorité compacte. Et pourquoi? Parce qu'il faut une majorité compacte pour supporter, pour soutenir, pour contrôler, pour diriger un gouvernement. Ce que nous demandons, c'est que ce gouvernement, au lieu de s'occuper des petites passions et des petites affaires d'une faction ou d'un parti, s'occupe enfin de la grande patrie. Ce que nous demandons, c'est que tous, tous les républicains, les anciens, les nouveaux, les jeunes, les vieux, les décidés, les résignés, nous marchions tous d'un même pas et avec le même cœur, avec la même sincérité, au seul but que des républicains et des patriotes puissent se proposer. Et quel but plus noble, plus grand, pourrions-nous offrir à notre activité : le relèvement de la France et son rayonnement dans le monde ; la République mise hors de toute contestation ; la démocratie souveraine, sans sauveurs providentiels, qu'ils soient militaires ou civils ; libre, prospère, éclairée, maîtresse d'elle-même. Maîtres de nous-mêmes comme de l'univers : c'est la parole superbe que notre grand Corneille met dans la bouche de l'héritier de César ! Que cette parole devienne notre devise d'hommes et de citoyens !

Français et républicains, soyons avant tout des hommes libres. Qu'est-ce qu'un homme ? C'est une conscience qui se règle, qui s'anime, qui se modère suivant les circonstances, c'est-à-dire la plus grande force morale qui puisse se rencontrer sur cette terre, parce qu'une telle conscience domine le reste du monde.

Messieurs, ce sont là des idées qui appartiennent en propre à notre nation. Elles sont l'honneur éternel de nos plus grands penseurs. Notre philosophie si humaine les répand dans toutes les intelligences, dès qu'elles s'ouvrent à la lumière. Nos plus nobles maîtres, ceux qui ont tant travaillé à l'affranchissement, à la liberté de l'esprit humain, en ont fait la substance même du généreux esprit de la France ; c'est là toute la Révolution française ; c'est là la politique et la philosophie éternelles. Tout changera, tout passera dans ce monde, excepté ces axiomes de la raison définitivement émancipée.

Levez-vous, Messieurs, il n'y a rien qui soit
à la hauteur de ce qu'il me reste à dire : Je salue
l'esprit libérateur de la France, c'est-à-dire ce
que l'humanité a produit de plus noble et de
plus grand, de plus bienfaisant et de plus
fécond! (Bravos, applaudissements prolongés.)

DISCOURS DE M. TRARIEUX

au Banquet.

MESSIEURS,

Vous ne direz pas que j'ai demandé la parole... Il est évident qu'on me l'impose... Je suis comme vous tout pénétré, après cette harangue, d'une émotion profonde, et je voudrais garder le silence.

Mais je n'ai pas cette grandeur qui peut, quand il paraît opportun, attacher au rivage, et il me faut bien, je le comprends, m'exécuter.

Je m'incline, d'ailleurs, de bonne grâce, car, en m'obligeant à parler, on me fournit l'occasion de remercier les orateurs qui ont bien voulu reporter vers moi leur pensée et m'adresser des compliments dont je ne puis qu'être très grandement honoré. Ces compliments m'ont été au cœur parce que j'en ai senti la sincérité parfaite, et j'en remercie aussi les organisateurs de cette fête qui, en faisant appel à ma bonne volonté, m'y ont réservé une si agréable part. Oui, je les remercie de la confiance qu'ils m'ont témoignée en me demandant de rendre hom-

mage, en votre nom, à la mémoire de Gambetta,
et en me conviant à ce trop rare plaisir de me
rencontrer avec ces amis, ces concitoyens au
milieu desquels je sens se rajeunir mon cœur,
et dont l'accueil me fait plus que jamais comprendre le prix inestimable de la grande fonction
publique dont ils m'ont, un jour, cru digne.
(Applaudissements.)

Mais ceci dit, que puis-je ajouter? J'ai, dans
la soirée d'hier, fait connaître ma pensée sur la
plupart des questions politiques qui peuvent
préoccuper vos esprits à cette heure : comment
songer à revenir sur un pareil sujet, surtout
après le discours de mon éminent ami, M. Spuller? Une seule chose me reste facile, c'est de
m'associer sans réserve à l'appel si large qu'il
a su adresser à nos sentiments d'union et de
concorde. Comme lui, je pense que nous n'avons
pas ici à réveiller les souvenirs de nos divisions,
voire même de nos querelles particulières, et
que nous devons tous, — comme ces bonnes
mères de famille qui enveloppent dans une
même affection les enfants modèles et les
enfants prodigues, — que nous devons tous,
dis-je, ne voir dans tous ceux qui acclament
avec nous la République que des Français.
(Applaudissements.)

Ce n'est pas, en effet, dans un banquet
fraternel comme le nôtre que nous devons nous
livrer à l'esprit de polémique. Notre pensée est
plus haute. Nous ne sommes plus à La Bastide;

nous ne sommes plus à Bordeaux; nous embras-
sons la France entière, et nous sommes des
hommes de bonne volonté qui ne s'adressent
qu'à la bonne volonté de leurs concitoyens.
(Applaudissements.)

Ah! je sais bien que, demain, nous nous
rencontrerons avec des adversaires; que, malgré
nous, nous ne nous trouverons pas simplement
en face de personnes que nous voudrions pouvoir ménager, mais en présence de situations
prises, d'intérêts en conflit, de programmes
différents, et qu'alors il nous faudra bien prendre un parti; mais, dès aujourd'hui, nous
aurons appris que, comme les forts, c'est nous
qui aurons à donner l'exemple, en nous défen-
dant, dans nos inévitables querelles, de ce
langage provocateur et envenimé qui fait des
blessures, crée les rancunes, et rend difficile,
après la bataille, un retour aux sentiments de
conciliation. (Applaudissements.)

Restons dignes dans la défense de nos idées;
nous en avons d'autant plus le devoir que nous
nous sentons plus maîtres de notre pensée. Si,
par exemple, nous voyons venir à nous d'anciens ennemis qui parlent de se donner à la
République (qu'ils se résignent ou qu'ils se
rallient), rappelons-nous qu'ils eurent pour ancê-
tres les Thiers, les de Rémusat, les Dufaure,
et sachons leur tendre des mains cordiales;
oublions pour cela, si c'est utile, nos situations
personnelles, nos préoccupations d'égoïsme, ne

songeant qu'à cet intérêt suprême : faire l'harmonie dans le pays sur le principe de son gouvernement!

N'est-ce pas là le but à poursuivre? Est-il tolérable qu'à chaque élection la France se partage en deux camps, et qu'une moitié semble bouder la République? L'intérêt souverain n'est-il pas de donner aux institutions la force d'une adhésion universelle? (Applaudissements.)

Sans doute, certains de ces nouveaux venus, qui comprennent l'inutilité de perpétuer des dissidences stériles, peuvent avoir une arrière-pensée en demandant que nous les recevions dans nos rangs; mais la République saura bien s'y reconnaître, trier les siens, et n'accepter que les concours honorables et sincères.

Et puis il en est d'autres, Messieurs, qui, déjà républicains ou se disant républicains, peuvent ne pas avoir nos programmes, arborent un drapeau qui n'est point le nôtre, soutiennent des idées qui nous paraissent des utopies ou des chimères, adressent au peuple des encouragements téméraires ou lui font naître des espérances illusoires, décevantes, dangereuses; ce ne sont point là, non plus, des ennemis à combattre le couteau à la main. Beaucoup d'entre eux peuvent être tombés dans les erreurs que nous dénonçons, sous l'empire d'une pensée généreuse, d'un sentiment loyal. Nous devons, au moins, respecter en eux la sincérité. Le socialisme est une aberration sociale, mais non

pas nécessairement une doctrine de mauvaise
foi : nous devons sur son compte la vérité au
pays, mais la vérité n'a pas besoin, pour se
faire jour, de paroles empoisonnées. (Applaudissements.)

Je dis à mes concitoyens de Bordeaux, à la
veille des luttes suprêmes qui se préparent, et
me souvenant des déceptions de 1889, de reprendre une revanche que je crois nécessaire ;
mais je leur dis en même temps : Dans ces luttes, souvenez-vous que vous êtes en présence
d'adversaires que vous devez tenir à rallier un
jour, et qu'il faut s'efforcer, autant qu'il est en
notre pouvoir, d'éviter les froissements que
rien ne répare.

Enfin, en vous tenant ce langage, ne m'est-il
pas permis à moi, sénateur de ce département,
de penser que ma parole, passant par-dessus
vos têtes, va atteindre, par l'écho qu'elle peut
recevoir, ceux de nos concitoyens qui, loin de
vos inquiétudes personnelles et de vos préoccupations locales, vivent dans la confiance et
l'espérance de succès qui ne peuvent leur être
disputés ? Là, plus encore que partout ailleurs,
la cordialité n'est-elle pas un besoin de tous les
cœurs ? (Applaudissements.)

Oui, j'adresse à tous ces frères d'armes qui
ne sont pas ici, qui ne nous entendent pas, mais
qui liront nos paroles, j'adresse, dis-je, les
mêmes conseils qu'à vous-mêmes. Je les sup-
plie d'envelopper d'un même sentiment de bien-

veillance et de fraternité tous ceux qui ne
seraient pas encore des leurs, ne fût-ce que
pour les contraindre par la persuasion qui se
dégage des bons exemples à devenir leurs alliés
de plus tard.

Enfin, Messieurs, en terminant, je ne puis
oublier que j'ai été personnellement félicité de
ma conférence d'hier et des encouragements
que j'ai pu vous donner, par un jeune de cette
assemblée, par M. Gabriel Desbats, qui repré-
sente ici le Cercle National.

Rien ne pouvait m'être plus agréable que
d'entendre cette voix vibrante et vigoureuse
qui est venue nous faire entendre la pensée de
la génération qui succédera demain à la nôtre.

C'est une préoccupation qui souvent a hanté
mon esprit : Comment demain sera-t-il fait?
Quel est l'avenir de la France? A quoi songent
les jeunes gens qui grandissent dans l'ombre?
Partagent-ils nos sentiments? Viendront-ils
ajouter à l'œuvre de la République pour le bien
de la France et de l'humanité? (Applaudissements.)

Cette bouche vient de me répondre. Elle a
répondu par des paroles de confiance qui ne
peuvent qu'encourager les efforts des aînés. Je
suis heureux, mon cher Desbats, de tout ce que
vous avez dit, en termes excellents et élo-
quents, des promesses de la moisson qui
pousse. Je suis heureux de voir que vous n'a-
vez pas dédaigné mes avis de l'an passé sur

les dangers de l'indifférence en matière politique; que vous vivez comme nous avons
vécu dans notre jeunesse, en vous préparant
à défendre les droits sacrés de la liberté et
les intérêts de la République! (Applaudissements.)

Vous avez, il est vrai, émis des doutes sur
l'utilité de vos efforts, en nous rendant hommage
de tout ce que nous avons fait pour vous; mais
laissez-moi vous dire que vous n'avez pas à
vous décourager par le sentiment que vos aînés
auraient achevé l'œuvre tout entière, et que
vous n'auriez qu'à jouir du bienfait de leurs
travaux. Non! Vous aurez à faire à votre tour,
et notre œuvre n'est point terminée. Quand
l'œuvre de l'homme s'achèvera-t-elle? Chaque
jour les questions changent; chaque jour les
intérêts se déplacent; chaque jour des réformes
deviennent nécessaires, des préoccupations
nouvelles tourmentent l'opinion. Les problèmes
que vous aurez à résoudre ne seront peut-être
pas ceux que nous aurons étudiés nous-mêmes.
Tout ce que nous vous demandons sera d'apporter dans l'accomplissement d'une tâche sans
fin le même esprit d'indépendance, de clair-
voyance, de bonne foi que nous cherchons à
y mettre nous-mêmes. (Applaudissements.)

La bonne foi, Messieurs, c'est là surtout ce
que nous devons souhaiter; c'est là ce que je
vous recommande, mon jeune ami! Le malheur,
en politique, c'est qu'il n'y a pas assez d'hom-

mes sincères; que souvent la langue n'est pas l'interprète de la pensée, et que les succès électoraux sont dus à des pactes menteurs. C'est là ce qui fait les équivoques, les malentendus, les incertitudes dont souffrent les pouvoirs publics. (Applaudissements.)

Eh bien! soyons sincères toutes les fois que nous aborderons la vie politique et que nous solliciterons un mandat de nos concitoyens. N'ayons pas de masque sur notre visage; que notre langue ne soit pas l'instrument des fausses paroles. Au besoin, ne craignons pas de nous exposer par notre franchise à un échec passager, — les échecs ne diminuent pas l'homme sincère; — ils peuvent peut-être, à son heure, le grandir. Et puis, du reste, qu'importerait qu'aucune revanche ne lui fût ménagée pour un avenir réparateur? Qu'importerait qu'il succombât dans une lutte inutile où sa parole loyale ne serait pas comprise? Est-ce donc de nous qu'il s'agit en pareille matière? Est-ce notre affaire propre qu'un mandat électif? Sommes-nous donc dans la politique pour nous-mêmes? N'y sommes-nous pas pour les autres, pour le pays? (Applaudissements.)

Laissez-moi vous le dire, je mépriserais le mandat que j'exerce, si pour en conserver de mes concitoyens la durée, je devais d'un seul mot douteux, d'une démarche louche, laisser planer sur son origine un soupçon. (Applaudissements.)

Pour me résumer d'un mot, Messieurs, je bois, comme ceux qui m'ont précédé, au génie de la France ; je bois au loyalisme de la jeunesse française ; je bois à la vérité et à la sincérité républicaines ! (Applaudissements prolongés.)

ALLOCUTION DE M. SARDA

Membre du Cercle Gambetta.

MESSIEURS,

C'est un républicain de 1848, une épave de la France d'hier qui vous demande la permission de saluer en vous tous la France d'aujourd'hui et la France de demain qui sera votre œuvre ; de vous dire, merci! pour avoir vaillamment continué la tâche que vous avait léguée le Grand Patriote dont vous aviez été les amis ou les auxiliaires, et dont vous êtes, à l'heure présente, les héritiers et les successeurs.

Grâce à vous, les cruelles et hideuses empreintes de l'Année terrible sont effacées, et n'étaient les larmes, les angoisses, le sang, les vies, les provinces qu'elle nous a coûté, et dont aucun cœur français ne perdra le souvenir, son passage ne nous apparaîtrait plus què comme une de ces crises douloureuses mais salutaires qui, dans le monde de la nature et dans celui de l'humanité, sont la condition de tout progrès et de toute régénération. Le malheur retrempe ; il fortifie, il épure. Vous valez mieux que nous. Nous avions commis des fautes, vous les avez réparées. Nous avions laissé abaisser la France, vous l'avez relevée ; cette République de 48, dont notre esprit trop chevaleresque voulait faire l'épopée de la justice et de la raison, nous n'avons pas su la garder ; celle que vous avez fondée, vous avez su la défendre ; son existence n'est plus contestée ; elle a obligé tous les conseils de revision qui prétendaient la réformer, à la déclarer bien constituée et bonne pour le service. Elle fonctionne, et rien n'empêche qu'elle vive toute l'éternité accordée aux choses humaines.

Il ne vous suffit pas, Messieurs, d'avoir créé et consolidé la République. Vous voulez encore, en suivant le programme et la marche que l'illustre et cher patron vous a tracés, installer la France, toute la France dans la République, c'est-à-dire réunir toute la population dans un même sentiment de solidarité nationale et de sagesse démocratique, parce que ce n'est que lorsque nos forces intellectuelles et viriles ne formeront qu'un seul faisceau, et que nous n'aurons qu'une âme, une volonté et un drapeau que notre France retrouvera ses frontières traditionnelles et son grand rôle d'initiatrice dans le monde. Honneur à vous !

Messieurs, à l'Union et aux héroïques et fidèles qui, sous la botte allemande, restent Français quand même, et resteront Français !

Bordeaux. — Imp. G. GOUNOUILHOU, rue Guiraude, 11.

www.ingramcontent.com/pod-product-compliance
Lightning Source LLC
Chambersburg PA
CBHW060827250626
47162CB00005B/1972